Vanessa Ratton

Uma menina detetive

ilustrações Andrea Aly

Copyright do texto © Vanessa Ratton, 2023
Copyright das ilustrações © Andrea Aly, 2023
Todos os direitos reservados

Diretora Editorial: Juliene Paulina Lopes Tripeno
Editora Executiva: Mari Felix
Edição e paratexto: Marcia Paganini
Diagramação: Ana Maria Puerta Guimarães
Revisão: Eduardo dos Prazeres e Cassia Leslie
Projeto gráfico e capa: Márcia Matos
Ilustrações (capa e internas): Andrea Aly

Dados Internacionais de Catalogação na Publicação (CIP)

Ratton, Vanessa
    Uma menina detetive / Vanessa Ratton; ilustrações Andrea Aly. -- 1. ed. -- Rio de Janeiro : Bambolê, 2023.

    ISBN 978-65-86749-45-8
    1. Aventuras - Literatura infantojuvenil
    2. Mistérios - Literatura infantojuvenil
    I. Aly, Andrea. II. Título.

23-150241   CDD-028.5

ÍNDICE PARA CATÁLOGO SISTEMÁTICO
1. 1. Literatura infantil 028.5
2. Literatura infantojuvenil 028.5

Henrique Ribeiro Soares - Bibliotecário - CRB-8/9314

Todos os direitos reservados e protegidos. Nenhuma parte deste livro pode ser reproduzida, total ou parcialmente, sem a expressa autorização da editora.

O texto deste livro contempla a grafia determinada pelo Acordo Ortográfico da Língua Portuguesa, vigente no Brasil desde 1º de janeiro de 2009.

comercial@editorabambole.com.br
www.editorabambole.com.br

Era uma cidade pequena de praia, daquele tipo em que os moradores podem dizer: "Eu moro onde você passa as férias!". Sabe como é? Uma cidadezinha litorânea, pacata, porém agitada no verão. É onde acontece esta história ou pelo menos onde ela começa.

A protagonista é Marina, uma menina de 13 anos, corpo magro, pele alva e olhos pretos como duas jabuticabas. O cabelo, castanho escuro, liso, comprido e nunca, mas nunca mesmo, preso. Ela e a mãe, Lúcia, haviam acabado de se mudar, em plenas férias de julho, e Marina sentia-se deslocada.

Embora a mãe tivesse lhe prometido uma grande surpresa, o tempo ia se arrastando naqueles dias frios e solitários:

— Mais uma tarde chuvosa e cinzenta! — resmungou, jogada no sofá da sala de sua casa, revirando os olhos de tanto tédio.

Como de costume, estava sozinha, pois a mãe trabalhava o dia todo administrando uma escola de línguas. O pai havia falecido há mais de cinco anos, quando ela era ainda muito pequena, e Marina só pensava nele em épocas como Natal ou Dia dos Pais. A mãe lhe explicara que era natural, apesar de gostarmos muito de uma pessoa, com o tempo, irmos nos acostumando com a dor da sua ausência.

— É assim mesmo, filha. A dor causada pela perda vira uma saudade grande que se sente sem ficar triste — repetia ela de vez em quando.

Marina não se convencia muito disso e, com certa frequência, para manter a figura paterna viva em sua memória, brincava com um código que seu pai lhe ensinara, trocando as letras do alfabeto por números na sequência de 1 a 26. Era uma maneira de eles se comunicarem sem que outras pessoas entendessem, como no dia em que Marina ganhou um concurso de Matemática na escola. Quando chegou em casa, o pai havia deixado um bilhete sobre a sua cama no qual apenas se lia: "15-18-7-21-12-8-15". A filha abriu um enorme sorriso e escondeu o papel no fundo de uma gaveta.

Isso havia acontecido há muitos anos, mas a menina ainda tinha aquele papelzinho guardado. Uma lágrima correu pelo seu rosto e, para mudar de pensamento, estendeu o braço e pegou um livro na mesinha de centro. Começou então a fazer o que mais lhe era comum naquelas "maravilhosas férias", como vivia dizendo em tom de ironia. A leitura era a única coisa que lhe dava emoção, uma vez que chuva e frio ali eram sinônimos de cidade vazia. Como havia acabado de se mudar, não conhecia ninguém e estava extremamente só.

Qual livro ela leria? Ah! Isso não era novidade, para quem a conhecia: como sempre, ela viajava nas histórias de Sherlock Holmes, criação inesquecível do escritor escocês Arthur Conan Doyle. Sim, aquele detetive que, em companhia de seu fiel ajudante, o Dr. Watson, resolvia os casos mais intrigantes e desafiadores do mundo! Aquele homem astuto que sempre tirava suas deduções antes de todos e que surpreendia com os desfechos mais mirabolantes para os enigmas que resolvia.

Marina queria ser como o personagem de Conan Doyle, que ela achava o maior escritor de histórias de detetive de todos os tempos! Ela sempre se interessava por coisas misteriosas e lia todas as histórias de detetive que caíam em suas mãos. Além disso, como dizia sua mãe, tinha o hábito de sempre meter o nariz onde não era chamada. A verdade era que Marina adorava descobrir coisas e ficava maravilhada com os casos de Sherlock Holmes. Muitas vezes, de tão experiente e viciada nas histórias do detetive, descobria o culpado antes mesmo de chegar ao final da história.

Lá estava ela, lendo as últimas páginas de Um estudo em vermelho. Seus olhos arregalados corriam as linhas rapidamente, como se devorassem o papel, e então soltou um suspiro enquanto lia uma das frases finais: "Tenho todos os fatos no meu diário, e o público tomará conhecimento deles.".". Era a fala do Dr. Watson, que registrava em seu diário todos os casos de Sherlock.

Marina fechou o livro. Ainda envolvida por um sentimento incrível de satisfação, começou a repassar as coisas novas que tinha descoberto na leitura. Por exemplo: Sherlock achava que nossa mente era uma espécie de sótão, onde só devíamos guardar coisas úteis, que sabíamos que iríamos usar um dia.

— Que ideiazinha, hein? — sorriu.

Afinal, de que maneira ela poderia usar os próprios livros de Conan Doyle? Pois se eles estavam na sua cabeça, deveriam ter alguma utilidade... Caso contrário, pela lógica de Sherlock, não os devia ter lido, não é? Mas como ela poderia saber se iria usá-los um dia ou não? Um enigma e tanto, pensou Marina, já se animando.

Ela era muito boa nisso, tanto que foi a campeã de resolução de casos de mistério em um site que reunia os fãs de Sherlock. O site era da Associação Internacional dos Amigos de Sherlock Holmes, ou simplesmente SHIFA (Sherlock Holmes International Friends Association, em inglês), onde a mãe de Marina a tinha inscrito quando ela tinha 8 anos. A mãe tinha dito, brincando, que nada melhor para ela do que conhecer mais gente que gostava de meter o nariz em tudo, em um espaço virtual seguro.

Marina adorou logo de cara e em pouco tempo já era campeã dos concursos internacionais de resolução de casos misteriosos promovidos periodicamente no site da SHIFA. Os prêmios eram livros das aventuras do Sherlock, e por isso ela contava com muitos deles em casa.

Marina estava com Estudo em vermelho na cabeça quando um estrondo seguido de uma luz na janela interrompeu seus pensamentos.

A menina deu um pulo do sofá e resmungou sozinha:

— Ai, como eu odeio trovões! Como eu odeio chuva, como eu odeio essa cidade!

Então, levantou-se, deixando o livro de lado, e começou a olhar pela janela. Um vento frio invadiu a sala. Marina se deitou novamente no sofá, cobrindo-se.

Fechou os olhos e pensou em tudo que acontecera nos últimos dias: a mudança, a chegada à nova cidade, o novo emprego da mãe e, com tristeza, os amigos que deixara para trás...

Minutos se passaram e Marina continuava ali parada, viajando em seus pensamentos, até que, paft! A menina deu outro pulo do sofá e quase soltou um xingamento para a chuva, quando reparou que não estava mais chovendo! Ela tinha ouvido outro barulho. Dessa vez, não era igual aos anteriores. Parecia mais o de um objeto caindo e gente mexendo em coisas!

Rapidamente, ela se abaixou e engatinhou até o local de onde vinha o som. Nessa hora, já pensava em mil coisas: seriam bandidos? E agora? O que ela faria? Será que algum vizinho iria escutar se pedisse socorro?

Bem devagar, silenciosamente, foi até a cozinha e viu a porta da geladeira aberta! Ainda escondida, observou o ambiente, esforçando-se para parar de tremer. Seus olhos arregalados puderam ver um homem vestido de forma estranha, porém elegante. A figura lhe parecia familiar, mas ela não estava em condições de raciocinar direito para descobrir quem seria. Era magro, vigoroso, com rosto agudo, nariz aquilino, ombros retos e um jeito diferente de se mexer.

O homem procurava algo na geladeira e, sem sucesso, fechou a porta dizendo em tom de arrogância e com sotaque britânico:

— Eu sei que você está aí, minha cara!

Marina sentiu o coração ir parar na boca e,

dando um salto para trás, correu desesperada até a porta. O homem, por outro lado, permanecia calmo e, dirigindo-se a ela na sala, continuou:

— Acalme-se, não lhe farei mal! Na verdade, preciso da sua ajuda, Marina.

Ela tentava abrir a porta sem sucesso quando, ao ouvir seu nome, virou-se para o homem e disse meio engasgada:

— Co... como você sabe meu nome?

Marina podia estar com mais medo do que nunca naquela altura, mas sua curiosidade e o instinto investigativo falavam mais alto. O homem tinha olhos cinzentos, e ela os fitava enquanto várias perguntas se formulavam em sua mente: Quem era ele? Como sabia o seu nome? O que ele queria? Por que ela? De onde ele veio? Como entrou ali?

Seus pensamentos foram interrompidos por respostas:

— Eu sei seu nome porque você é a mais talentosa detetive da SHIFA — disse o homem, sorrindo.

Nesse momento, a feição de Marina mudou, mostrando perplexidade. Ela já tinha um nome na cabeça, mas não conseguia acreditar, não podia ser... Afinal, ele era um personagem ou existia de verdade? Mas, mesmo assim, não tinha lógica, ele teria vivido há muito tempo, era impossível...

A menina ia começar a fazer essas perguntas, mas foi interrompida pelo homem.

— Ora, ora, que mal-educado eu sou! Permita-me que me apresente — o estranho abriu os braços, curvou de leve a cabeça e continuou. — Sherlock Holmes, às suas ordens, senhorita.

A expressão de Marina não podia ser outra senão de espanto. Por alguns instantes ela acreditou, mas, então, a lógica falou mais alto e, deixando o medo de lado, exclamou:

— Ah, claro! E eu sou a Rainha da Inglaterra! — disse em tom irônico.

O homem soltou uma boa risada e a encarou:

— Veja bem, eu sei que é difícil acreditar, mas me chamo assim mesmo, só que Sherlock Holmes... IV! A associação da qual você faz parte é dos fãs de meu bisavô. Ele era o verdadeiro, incrível, primeiro e incomparável Sherlock Holmes das famosas histórias de mistério. Eu apenas levo o nome, mas gosto de fazer essa brincadeira para ver a cara das pessoas — e riu sozinho da própria piada sem graça.

Marina sorriu amarelo, como se tivesse achado engraçado. Seria algum louco ou a tal surpresa que a mãe prometera para animá-la? Com um leve sorriso e se sentando para conter a curiosidade, continuou a conversa:

— Você disse que precisa da minha ajuda para quê?

O homem, que devia ter uns 28 anos, pensou ela, disse, tossindo:

— Calma que essa é uma longa história, minha cara. Por que não me acompanha até o carro?

Marina deu um passo para trás e disse:

— Daqui eu não saio até você me dar uma boa explicação!

O homem prosseguiu calmamente:

— Era o que eu esperava, você não é nenhuma tolinha — ele sorriu e continuou, coçando a cabeça. — Bem, por onde eu começo? Ah! Sim, sim! Bom, eu, por mais que seja um parente do mais incrível detetive do mundo, não puxei nada de meu bisavô. Como detetive, sou um ótimo administrador de empresas, se é que me entende. Administro, inclusive, a rede de escolas na qual sua mãe trabalha. Bem, mas não estou aqui para falar de mim, minha pequena amiga.

Marina franziu a testa. Amiga?

— O fato é que nem todas as histórias de meu bisavô foram reveladas. Mas ficaram registradas, e ele guardou esses registros muito bem escondidos. Porém, como Sherlock queria que eles fossem achados após sua morte, determinou em testamento que seus descendentes deveriam encontrá-los — e deixou pistas para isso. Meus pais e os pais deles tentaram seguir essas pistas, primas e primos, tias e tios, mas todos falharam!

Marina o interrompeu, incrédula, mas começando a ficar curiosa:

— E por que esse segredo todo, posso saber?

O homem lançou-lhe um olhar severo e prosseguiu:

— Posso terminar? — e, tossindo novamente, continuou: — Bem, ninguém sabe. Mas Sherlock não era dado a brincadeiras, então deve haver algo muito importante por trás de tudo... Quem sabe ele descobriu segredos perigosos, que não podiam vir a público na sua época? Sherlock, com todo respeito, tinha a mania de sempre meter o nariz onde não era chamado! Marina lançou um olhar severo ao ouvi-lo falar mal de seu ídolo, mas permaneceu quieta para continuar a ouvir a história do homem elegante, que, apesar de gringo, falava bem português.

— Pois bem, Marina, agora é minha vez de tentar encontrar os registros de meu bisavô. Está entre minhas obrigações como descendente dele, além de administrar a SHIFA. Como você sabe, a SHIFA é uma organização sem fins lucrativos dedicada a encontrar e formar novos talentos na área da investigação. O que você não sabe é que a criação dela foi também uma determinação de Sherlock em seu testamento. Entre outros motivos, porque ele achava que nem todos os seus descendentes teriam interesse em desenvolver as habilidades detetivescas dele. E ele estava certo! Eu, por exemplo, prefiro muito mais me dedicar a administrar organizações educativas. Bem, Sherlock conseguiu prever isso, é claro, e orientou os descendentes à procura de seus escritos que, caso não tivessem vocação para ser um detetive, procurassem o Sherlock de sua época para auxiliá-los. A SHIFA foi criada exatamente para ajudar nisso. E tanto ajudou que eu encontrei nela o meu Sherlock: é você, Marina!

A menina, espantada, disse:

— Você deve estar louco!

Aí matutou um pouco e perguntou, com um arzinho de quem não quer nada:

— Se Sherlock Holmes existiu de verdade... o que você me diz de um tal de Arthur Conan Doyle?

O inglês riu da esperteza da menina e disse:

— Excelente pergunta, pequena detetive! Assim como Sherlock Holmes, Conan Doyle também existiu de verdade e foi ele mesmo quem escreveu as histórias do Sherlock que estão hoje publicadas! Era um médico muito amigo do meu bisavô, que queria divulgar suas histórias para o mundo, mas não podia aparecer, pois isso poderia atrapalhar suas atividades e até colocar sua vida e a de seus familiares em risco. Por outro lado, o Dr. Conan Doyle tinha um formidável talento para a literatura. Sherlock encarregou então o amigo de escrever e publicar seus casos. E há ainda uma coisa que quase ninguém sabe... — e fez uma cara de suspense.

— Tem mais coisa ainda?! — Marina fazia um esforço enorme para juntar tanta informação nova e surpreendente.

— Sim! O nome verdadeiro de meu bisavô não era Sherlock Holmes! Esse foi um pseudônimo que Dr. Conan Doyle inventou para preservar o amigo, mas depois os descendentes passaram a adotar o nome. E juramos manter secreto para sempre o nome verdadeiro.

"Isso não pode ser verdade!", pensou Marina. Nessa hora mil coisas passavam pela cabeça dela.

— Bem — continuou o inglês —, acontece que o Dr. Conan Doyle deixou escritos vários casos de Sherlock, mas morreu antes de publicá--los. E Sherlock então escondeu esses relatos por questão de segurança... como agora você já sabe.

Marina já estava querendo acreditar naquilo tudo, mas as coisas estavam acontecendo rápido demais, e muitas informações ainda a intrigavam. Então, pensativa, quase falando mais para si mesma, disse:

— Humm... Sherlock existiu de verdade, foi amigo de Conan Doyle... mas e o Dr. Watson?!

— Também existiu de fato! Quem seria ele? Pense um pouco, Marina.

De repente, a menina se sentiu como se tivesse tomado uma pancada de lógica na cabeça:

— O Dr. Watson era o Arthur Conan Doyle!

— Excelente, Marina! Como você chegou a essa conclusão?

— Elementar! — disse ela, com ar astuto e satisfeito. — Conan Doyle era médico, e Dr. Watson também era médico. Conan Doyle era amigo de Sherlock, e Dr. Watson também. Dr. Watson era quem escrevia as histórias de Sherlock em seu diário.

— Veja que detetive incrível é você, minha cara! Percebe agora por que preciso de sua ajuda em minha missão? Mas tem mais uma coisa sobre ela que você precisa saber: acabei de descobrir, quando saía de Londres para vir para o Brasil encontrar você, que há mais gente atrás das histórias perdidas de Sherlock, e essas pessoas estão me perseguindo.

— Ai, ai, ai — suspirou Marina, começando a ficar de novo atordoada. — Mas quem?!

— Eu não sei exatamente, nem algumas das poucas pessoas da SHIFA com quem falei há pouco e que também estão acompanhando toda essa trama. Mas tenho certeza de que são editores que querem encontrar os escritos antes de nós e publicar em primeira mão os novos casos de Sherlock. Já pensou quanto isso vale? Não há outra explicação! E sei que são pessoas muito poderosas, que me seguiram até ao aeroporto nessa minha viagem para a América do Sul. Mas eu os despistei e a essa hora eles devem estar na Argentina. Contudo, em algum momento, vão me encontrar de novo e continuar a me seguir por todos os países aonde eu for. É que Sherlock deixou pistas que levam a diversas partes do mundo. E é por isso que preciso de você, Marina! Você deve me acompanhar nessa viagem internacional de investigação e me ajudar a despistar meus perseguidores. Além de empregar suas habilidades para achar os escritos de Sherlock, é claro!

— Eu? Você está maluco, mesmo! Só tenho 13 anos. Isso é ridículo!

O homem a interrompeu:

— Ah, Marina, todos sabem que idade não é documento. Você é a pessoa mais indicada, é boa em História, Geografia e Matemática, fala inglês fluentemente, conhece Sherlock Holmes mais até do que eu... E tem a mesma mania de meter o nariz onde não é chamada, não é?

Marina ficou em silêncio, sem reação. Era a frase que sua mãe sempre repetia. Depois de alguns minutos, ela disse:

— Como sabe tudo isso sobre mim? E o homem respondeu, convencido:

— Eu administro a SHIFA, lembra? E lá acompanhamos muito de perto os grandes talentos que surgem para o trabalho de detetive. Mas o que importa é que eu preciso de você e sei que é a única que aceitaria uma proposta dessas e sairia muito bem na tarefa. Você ama investigar e, pense bem, é para manter viva a memória do seu maior ídolo!

Marina se jogou no sofá e continuou a escutá-lo:

— Eu vou orientar você, dei um duro danado para escapar no aeroporto de Londres antes que meus perseguidores tentassem tirar isso de mim! — e sacou do bolso um papel amarelado pelo tempo com um selo de cera antigo, escrito em nanquim. — É a primeira pista, que indica o próximo país a ir. Enquanto eles me seguem para um lado, você vai atrás da pista certa.

Marina pegou o papel com todo o cuidado e traduziu do inglês:

Para comemorar um século da Revolução que pregava liberdade, igualdade e fraternidade, essa cidade realizou uma exposição universal e construiu para esse evento uma torre notável, a

maior do mundo, feita de ferro, que logo se tornou seu símbolo. É um lugar famoso também por ter grandes cozinheiros, muitos artistas, vinhos finos, queijos e perfumes apreciados em todo o mundo. Siga meus passos para descobrir onde estive.

S.H.

A menina terminou a leitura, fixando o olhar por um tempo sobre aquelas iniciais. Em seguida, voltou a sua atenção para Holmes IV, que disse:

— E então?

Com a resposta na mente e um leve sorriso na face, Marina disse:

— Pista mais fácil não há!

O homem, sorrindo, perguntou:

— Então já sabe? Que bom, minha cara! Está disposta a pegar o caso?

Marina não sabia, mas durante toda a conversa com o inglês estava sendo testada, embora ele já tivesse certeza de que ela era a pessoa certa para acompanhá-lo na missão dada pelo bisavô. E aquele teste sobre a cidade era dos mais fáceis para ela, tanto que todos os descendentes de Sherlock tinham passado por ele com sucesso. Mas, depois...

Marina ficou em silêncio. Mais uma vez, sua vontade era dizer sim, mas ainda tinha que pensar nas consequências. Então, Holmes IV falou:

— Vamos, Marina! Esse é seu sonho, não é? Poder vivenciar uma das aventuras de que tanto gosta! Além disso, vai dar certo, não há perigo, meus perseguidores não têm ideia do que seja esta pista ou que você esteja envolvida. Eles vão estar atrás de mim, e eu estarei bem longe de você. A SHIFA providenciou uma de nossas colaboradoras para acompanhá-la.

Marina retrucou, rápida:

— Mas e se já tiverem descoberto seu rastro? E se me encontrarem?

Holmes IV respondeu:

— Esse é um risco pequeno, mas tudo na vida tem um risco, Marina. Cabe a nós termos coragem de seguir em frente e, principalmente, enfrentar os riscos por um bem maior, que no caso é seu sonho também! Além disso, editores de livros não são as pessoas mais perigosas do mundo, não é? — e deu uma risadinha.

A menina não sabia, nunca tinha conhecido um. Eles andavam por aí perseguindo as pessoas para roubar histórias delas? Por uns minutos ficou sem resposta, apenas segurando o papel com mais força e olhando no fundo dos olhos de Holmes IV. Mas toda a história era muito empolgante! Refletiu bastante e por fim, fazendo um sinal positivo com a cabeça, ela disse:

— Onde eu tenho que assinar? — brincou.

O homem se levantou animado e a guiou pela porta até um carro preto muito antigo:

— Venha comigo, vamos direto para o aeroporto, e não se preocupe com roupas, compraremos tudo novo para você!

A menina, que já não estava conseguindo conter sua empolgação, de repente sentiu uma nova pancada de lógica, que dessa vez mais parecia um balde de água gelada.

— Mas como assim? Ninguém vai avisar a minha mãe? Que história é essa, senhor Holmes IV? E como você entrou na minha casa? O homem, já fechando a porta do carro, sorriu satisfeito: se Marina aceitasse viajar com alguém que acabou de conhecer, por mais que parecesse confiável, sem se assegurar de que tinha a autorização da mãe, isso significaria que ela não estava tão pronta assim para a missão. Era mais um teste para a menina. O inglês então respondeu:

— Acalme-se, minha cara, já conversei com sua mãe. Nós nos conhecemos quando que ela inscreveu você na SHIFA, e com o passar do tempo e com o seu sucesso nos nossos desafios, nós nos tornamos amigos. Fui eu que consegui o emprego para ela na rede de escolas bilíngues que administro. A missão de descobrir os escritos de Sherlock era uma surpresa para você, por isso ela não falou nada, mas sabe de tudo e aprovou. Lúcia sabe que a SHIFA tem toda a estrutura para que você viaje em segurança e se divirta na missão, como um presente de férias. Como você está meio aborrecida por essa fase de tantas mudanças pelas quais está passando, ela achou que essa aventura seria ótima. Bem, é certo que não tive tempo de falar com ela sobre os editores, isso aconteceu há pouco... Vou ter de falar com ela novamente, e espero que não se preocupe muito com isso, pois você estará totalmente segura e sempre acompanhada de uma de nossas colaboradoras. E, quanto a entrar na sua casa, desculpe-me, foi por causa daquela forte chuva e porque não resisti a aplicar uma habilidade fundamental para detetives: destrancar portas. Marina achou que agora estava tudo certo, mas ainda faltava isto:

— Bem, está ótimo, então nem preciso falar com minha mãe antes de embarcar, não é? — perguntou lentamente e com todo cuidado, já se dirigindo ao carro, porém ficando bem atenta à resposta de Holmes IV.

— Claro que precisa, Marina! — respondeu ele, agora totalmente aliviado, pois percebeu claramente que era a vez da menina o testar, e assim ela própria passara no último teste!

— É claro que sua mãe não ia deixar você viajar sem antes dar-lhe um beijo de boa viagem.

Ele fez uma ligação curta em seu celular e logo em seguida a mãe de Marina saiu de um carro estacionado do outro lado da rua. As duas se abraçaram, sorrindo.

Marina estava chocada de felicidade e adorava cada parte da história! Falou com a mãe, atropelando as palavras de tanta empolgação, e combinou de ligar para ela todos os dias para atualizá-la com detalhes da aventura.

Finalmente, Marina e Holmes IV partiram em direção ao aeroporto. No caminho, a menina ia dizendo exatamente onde acreditava que iria encontrar a próxima pista. Entre conversas e risadas, Marina fez a seguinte pergunta:

— Ei, por que estava mexendo na minha geladeira, Sherlock? — rindo e ao mesmo tempo intrigada, ela aguardou uma resposta.

— Ah, é que, é que... Eu estava com fome, nada mais! Mas não encontrei nada de interessante. Achei que no Brasil as pessoas sempre tinham feijoada na geladeira.

Marina não se conteve, começou a gargalhar e disse, ainda rindo:

— Um dia eu peço pra minha mãe fazer uma feijoada para você, Sherlock!

O herdeiro do detetive, ainda vermelho, para disfarçar, apontou pela janela do carro:

— Bem, chegamos ao aeroporto. Vamos, Marina?

Enquanto caminhavam para o balcão da companhia aérea, Holmes IV disse:

— Pegue aqui seu passaporte e demais documentos. Sua mãe deixou tudo pronto, inclusive a autorização dela para você viajar com a associação. Aliás, pegue também este cartão da SHIFA. Ele lhe dará passe livre nos hotéis, museus, restaurantes e em todos os lugares onde você precisar ir. Neste envelope está a senha e meus contatos. Pegue mais este celular.

Os olhos de Marina brilharam ao pegar o cartão. Admirada, ela perguntou:

— Passe livre internacional? — exultante, ela escutou Sherlock resmungar.

— Sim, mas tome muito cuidado ao usá-lo. Lembre-se que você está em uma investigação. Marina, não se contendo de alegria, exclamou:

— Uhull! É por isso que eu adoro ser detetive!

Duas horas depois, já tendo passado por toda a burocracia do aeroporto e da companhia aérea, Holmes IV e Marina entravam em um avião, felizes da vida. Na porta de entrada, o comandante dava as boas-vindas aos passageiros, e Marina disse a ele:

— Direto para a França!

Capítulo 2
A torre

Horas se passaram e, durante todo o percurso, Marina não tirava os olhos do papelzinho amarelado pelo tempo. Afinal, ela sabia o país, mas como encontrar o local exato da próxima pista? Com tantos lugares e tão poucas palavras, como ela poderia saber? Então, seus pensamentos foram cortados por Holmes IV, que perguntou:

— Chegou a alguma conclusão, minha cara?

— Até agora não muitas. O mais óbvio que pude pensar é que... — ela voltou a ler o papelzinho e, passando os olhos pela mesma linha, disse sua hipótese. — No papel é ressaltada essa torre, que, por ser na França, obviamente é a Torre Eiffel. Portanto, acredito que seja lá que acharemos mais repostas para chegar à próxima pista.

Holmes IV arregalou os olhos, prosseguindo:

— Claro, claro... Muito bem pensado, Marina. Mas devo avisar que outros descendentes de Sherlock já estiveram por lá e nada encontraram.

A menina, então, voltou a fitar o papelzinho e, desapontada, concluiu:

— Consigo imaginar. É só isso que também consegui extrair pela leitura desse papel, mas, com certeza, é na Torre Eiffel que encontrarei o que preciso!

Holmes IV apenas concordou com a cabeça e, depois de alguns minutos, se levantou para comunicar ao piloto o local do pouso, deixando Marina em sua confortável poltrona. A menina reparava em Holmes IV e suas roupas estranhas, porém elegantes, como havia pensado logo na primeira vez que o vira. De terno e gravata com nó inglês, um chapéu com uma aba para a frente e outra para trás, e um ponto vermelho nas costas... Um ponto vermelho nas costas? A menina, então, olhou fixamente e percebeu que aquilo não fazia parte do figurino!

— Ei, Sherlock, o que é isso no seu terno? Sentando-se novamente em sua poltrona e tentando puxar o terno para ver melhor, ele perguntou:

— O que, Marina?

— Esse... Esse ponto vermelho bem aqui... Olha!

Marina tirou uma pequena bolinha de metal das costas do amigo e, olhando atentamente, percebeu que não era apenas uma bolinha de metal, mas sim um dispositivo eletrônico. Ela então arregalou os olhos e, entregando o objeto a Sherlock, assustada, perguntou:

— Sherlock, o que é isso? Não me vai dizer que é... que é...

Neste instante, o espanto tomou suas palavras e a verdade veio à tona:

— Oh não! Um rastreador! E veja, foi fabricado na Itália. Começo a desconfiar que nossos perseguidores são mais inteligentes do que pensei, Marina! Hoje em dia, qualquer um compra esses eletrônicos pela internet, canetas que gravam, rastreadores...

E, quebrando a bolinha com um pequeno alicate de unha, ele esbravejou:

— Isso não podia ter acontecido! Agora eles sabem onde encontrar a próxima pista... Como pude... Como pude ser tão tolo?

Marina continuou calada, parecia que, desde que ouvira aquela palavra, "rastreador", tudo havia se tornado confuso, como se tivessem lhe dado uma pancada na cabeça. Mas, ao ver o amigo se culpando, ela soltou algumas palavras de conforto:

— Acalme-se, Sherlock, também não é totalmente culpa sua, poxa! Como você poderia imaginar, hã? Acontece nas melhores famílias... Além disso, o simples fato de encontramos um rastreador não quer dizer nada, não é? — tentando arrancar um simples sorriso do rosto do amigo, que pareceu de fato relaxar um pouco.

— Isso é verdade! Mas não sei, Marina, começo a ficar meio preocupado...

Marina ficou em silêncio. Não tinha resposta até que, novamente, sentiu uma pancada de lógica:

— Sherlock, acalme-se! Seja lá quem for que esteja lhe perseguindo, pode saber onde estamos, mas não pode me reconhecer! Eu vou sozinha à torre e farei de tudo para me misturar na multidão! Aquilo é um ponto turístico, não há como eles desconfiarem de mim no meio de tantas pessoas...

Holmes IV melhorou um pouco a cara, mas nada o fazia perder o ar de preocupação:

— Mas, e se... E se...

Sua fala foi interrompida por Marina:

— E se eu correr risco? Ora, Sherlock, um amigo uma vez me disse que tudo na vida possui riscos e que cabe a nós enfrentá-los com coragem por um bem maior! E, no meu caso, ele também é um sonho, portanto, eu tenho de fazer isso. E vou!

A menina já não temia mais nada, estava certa do que iria fazer e queria isso mais do que tudo no momento. Seu bom humor motivou Holmes IV, que começou a se achar um tolo: seria uma história mesmo muito mirabolante essa perseguição! Será que ele mesmo não havia colocado aquilo ali em alguma aventura e esquecido? Também criou coragem e abriu um sorriso. Depois de 11 horas de viagem, ele anunciou com entusiasmo:

— Bonjour, mademoiselle Marina, você está na França!

O jato já estava pousando sobre uma plataforma, Marina esperava apreensiva em sua poltrona. Depois de alguns instantes, a porta do jato se abriu. Ela olhou para Holmes IV esperando uma reação, vendo-o levantar de sua cadeira, mas apenas recebeu algumas palavras:

— Bem, está entregue, minha cara! Uma colaboradora da SHIFA, está à sua espera do lado de fora e a levará ao Hotel Le Tourville, onde você poderá tomar café e descansar. O fuso horário aqui tem uma diferença de quatro horas...

— Como assim, uma colaboradora está à minha espera? Não é à nossa espera?

Sherlock suspirou e continuou a falar:

— Deixe-me terminar? Bem, hã... Não, Marina, não seremos nós! Você irá sozinha até lá e cumprirá sua missão. Para despistarmos os perseguidores, é mais seguro estarmos separados, afinal, sou eu quem está sendo seguido e não você! Ninguém a conhece, não há ligação sua comigo. Bem, a colaboradora já foi informada do seu destino e nós a orientamos a trocar o mínimo de informações possíveis com você para evitar vazamentos. Vá direto para o hotel! Tome seu café da manhã sossegada. Eu já me informei sobre a programação turística e terá uma visita à Tour Eiffel esta tarde!

Logicamente, tudo está incluído no pacote que eu comprei para você. Aqui na França você se chamará Monique Dumont, ok?

A menina apenas permaneceu em silêncio, sem reação. Depois de alguns instantes, lançou um breve suspiro e, desembarcando do avião, disse para Holmes IV:

— Onde foi que eu me meti, hein?

Deu um leve sorrisinho e deixou o jato em direção ao carro parado próximo à pista, onde uma moça jovem de óculos escuros a esperava do lado de fora. Mesmo de longe, ainda foi capaz de escutar Sherlock dizer:

— Lembre-se de que pode utilizar o seu cartão para qualquer coisa de que necessite.

A menina se virou e olhou-o nos olhos.

— Boa sorte! — ele acenou, e o jato começou a abastecer para nova decolagem.

Marina cumprimentou a colaboradora da SHI-FA, que se chamava Camille, e entrou no carro sem ter muita certeza de seu futuro. No caminho para o hotel, avaliou o celular que Sherlock lhe dera, percebendo que, junto a ele, havia um documento escrito em francês com seu mais novo nome: Monique Dumont. Ela riu sozinha, lembrando-se do momento em que soube de todas aquelas novidades. Então, começou a ver pela janela do carro a beleza da cidade de Paris. Camille, muito gentil, ia fazendo o papel de cicerone e dando informações sobre cada local por que passavam.

Admirada com os ares franceses, nem percebeu quando o carro parou em frente a um grande hotel muito bonito e bem localizado num bairro que aparentava ser o centro da cidade. Saindo do carro, Camille disse à menina que olhasse à sua direita e tentasse identificar um monumento muito famoso de Paris. Um leve sorriso surgiu no rosto de Marina ao se virar e avistar uma grande torre que, mesmo à distância, percebeu ser a Tour Eiffel.

No restaurante do hotel, Marina saboreou a gastronomia francesa, enquanto Camille sorria ao ver o enorme apetite da menina. Depois de um ótimo café à base de croissants e queijos variados, cada uma foi para seu quarto, e Marina resolveu assistir um pouco de TV, que apresentava a programação do dia no canal interno. Ela ficou atenta ao horário marcado para a visita à Tour Eiffel, às quatro horas.

Decidiu aproveitar o resto da manhã para comprar roupas novas, mais adequadas ao clima parisiense, e Camille levou-a a uma loja onde ela comprou uma linda boina de tecido quadriculado, que tinha adorado logo de cara. Comprou também um casaquinho leve, pois a agente da SHIFA disse que naquela altura fazia calor em Paris, mas no fim da tarde o clima podia ficar mais fresco.

De volta ao hotel, Marina tomou um banho relaxante e foi descansar, combinando que Camille a chamaria para a excursão às 3h.

Ao acordar, demorou a acreditar que tudo não havia sido um sonho. Assim que se trocou, não via a hora de ir em busca do motivo que a levara tão longe de casa: encontrar uma nova pista! Chegando ao transporte turístico, Camille disse à Marina que, a partir dali, ela ficaria aos cuidados da guia, que já estava avisada para ficar encarregada dela.

— Eu vou aproveitar para resolver alguns assuntos da SHIFA, e você, Marina, lembre-se de nunca se afastar da guia e do grupo, de acordo, ma petite amie?

A menina concordou, deu um beijo de despedida em Camille e entrou então no ônibus de turismo, sentando-se bem na frente, prestando atenção em qualquer informação sobre a torre que poderia ajudá-la. Admirou a beleza de Paris, ouvindo a fala da guia, que falava em francês, mas repetia tudo em inglês e também em português, porque havia muitos brasileiros fazendo o passeio:

— Um dos monumentos mais visitados de todo o mundo, a Torre Eiffel, também chamada de "Dama de Ferro", foi construída pelo engenheiro francês Gustave Eiffel para a Exposição Mundial de 1889, centenário da Revolução Francesa. Inaugurada em 31 de março de 1889, a torre seria temporária. Mas seu sucesso foi tão grande que decidiram preservá-la. Com 324 metros de altura, a torre possui três pisos, que abrigam o elegante restaurante Jules Verne, um cinema que relata a história de sua construção e um pequeno museu de cera, onde figura seu criador, que está representado em seu escritório estudando seus planos. Se você estiver cheio de energia, suba os 360 degraus até o primeiro piso, e mais 344 degraus até o segundo andar. O mais sensato é pegar o elevador, e tirar mil fotos...

Mal a guia começou a falar, Marina, que amava história com números, já se entusiasmou em conhecer a famosa "Dama de Ferro" e talvez descer pela escada contando degrau por degrau.

Finalmente, o carro turístico parou em frente à grandiosa torre. Marina se surpreendeu. Frente a frente, a torre parecia imensa! Seus olhos brilhavam de alegria. Sua hipnose foi quebrada pelo empurra-empurra dos turistas que entravam para conhecer o monumento.

Com o papelzinho que trazia a pista ainda no bolso, misturou-se entre as pessoas e, com dificuldade, conseguiu ficar embaixo daqueles enormes ferros que compunham a torre, esperando na fila para pegar o elevador que a levaria ao topo, no terceiro piso.

Nesse momento, quase sem perceber, Marina acabou se separando do grupo de turistas com o qual estava fazendo a excursão, e a própria guia, no meio da multidão, também não percebeu que a menina não estava mais por perto.

Minutos depois, lá estava Marina subindo. A multidão de turistas agora parecia bem menor. Ela fitava tudo o que seus olhos conseguiam captar. Qualquer detalhe podia ser vital! Ela não deixou de reparar nas pessoas que estavam nos elevadores com ela. Um casal que parecia de albinos pela brancura da pele, olhos claros e cabelos loiros quase brancos levando um bebê no colo, duas velhinhas que não paravam de falar o percurso todo em uma língua desconhecida para ela, um homem novo com uma câmera enorme nas mãos e um homem mal-encarado que a todo o tempo não parava de olhá-la. Ele estava num canto isolado, de braços cruzados, e, toda vez que Marina o olhava, ele disfarçava. A menina, que não era tola, concluiu que se tratava de um dos emissores dos editores... ou das pessoas que estavam atrás das memórias de Sherlock, será?

Marina ficou tensa, mas não podia demonstrar que o havia notado, então procurou agir naturalmente. Quando o elevador parou no terceiro e último andar, fingiu admirar a vista como uma turista qualquer.

Ao olhar para baixo e perceber o que significava estar a 280 metros de altura, sentiu um frio subir pela espinha. O homem, agora num canto da torre, olhava-a fixamente. Percebendo que uma das duas velhinhas estava passando mal, Marina teve uma ideia. Foi até elas e, por meio de sinais e algumas palavras em inglês, conseguiu fazê-las entender que se oferecia para levá-las até o restaurante para dar-lhes um copo d'água. Assim, a menina chamou o elevador e, segurando na mão da senhora que estava tonta, entraram. O homem, quando notou, foi atrás delas, mas Marina disse em inglês:

— Desculpe, senhor, aguarde um instante. Vovó está passando mal! Melhor não ter muita gente no elevador, ela precisa de ar. Deixe-me levá-la até o restaurante.

A mulher olhou com uma cara estranha mas, por falar em outro idioma, não entendeu nada do que Marina havia inventado.

Com todos os olhares voltados para ele, o sujeito não teve outra escolha senão esperar. Além disso, já não tinha certeza se aquela menina era a certa, pois seu chefe não o informara nada de uma avó. Assim, Marina escapou, deixando as senhoras rapidamente no restaurante, correndo em seguida pelas escadas, com medo e nervosa por não ter encontrado nada ainda.

Do primeiro piso da torre, Marina viu homens estranhos, que gesticulavam muito com as mãos e pareciam gritar uns com os outros. "Hum, gesticulando com as mãos?", pensou ela. Os italianos não eram um povo conhecido por se expressar muito assim? Bem, seja lá quem fosse, com certeza, eles a esperavam lá em baixo! Parou por um instante sem ação, sentou-se na escada fora da passagem das pessoas e começou a pensar: "E agora? O que eu faço? Além de não encontrar uma nova pista, serei pega?" Ela tirou o papelzinho do bolso e, relendo-o, começou a recordar com todas as suas forças tudo o que tinha visto pelo trajeto. Parou na frase final e nas iniciais de Sherlock Holmes.

Siga meus passos para descobrir onde estive.

S.H.

Um raio passou por sua cabeça. Seguir SH poderia significar seguir os respectivos números na sequência do alfabeto, como seu pai lhe ensinara, 19 e 8. Era só uma ideia, mas lembrou-se da informação de que havia 360 degraus da base ao primeiro piso e, tomando todo o cuidado para não ser vista pelos mafiosos, desceu 162 degraus para chegar ao degrau número 198. Tateou por toda a estrutura e encontrou, escondido em uma fresta entre os degraus, uma pequena placa de ferro onde leu:

Quem me seguiu até aqui, pode continuar. Basta encontrar o mais precioso presente da França, na mais encantadora das lojas que nasceu junto com este lugar.

Bem perto da torre, ela tinha visto algumas lojas que vendiam lembranças da França. Era isso! Era ali que ela iria encontrar mais uma pista! Mas como chegar lá sem ser vista! Voltou para o primeiro piso e sentou-se em um canto enquanto olhava as pessoas que passavam. Até que um mímico, na verdade um garoto que aparentava uns 15 anos, vestido com camiseta branca com listras pretas e calças brancas, cartola amassada onde se destacava uma flor vermelha, e uma maquiagem da mesma cor na face parou em sua frente e começou a lhe fazer graça. Marina deu um grande sorriso de satisfação! Havia tido uma ideia! Ela se apresentou ao mímico, que por sorte também falava inglês.

— Olá, muito prazer em conhecê-la, Olivier — disse em inglês com sotaque francês, beijando a mão da menina e olhando-a nos olhos. — O que a senhorita deseja?

Marina sorriu e prosseguiu:

— Pode parecer estranho, mas estou fugindo de uns sujeitos! Preciso muito de sua ajuda! — ela apontou os homens lá em baixo. — Então, eu queria a sua cartola e a maquiagem emprestada e que você me ajudasse a escapar até aquela rua próxima onde ficam as lojas mais antigas.

O menino, sem entender muito, com cara de interesse, resolveu ajudá-la e ainda completou:

— É, eu sei como é, um órfão como eu viver sozinho em Paris sem ser pego pelas autoridades é muito difícil. Vivo tendo que escapar!

Olivier ajudou Marina a se maquiar, emprestou sua cartola, com a qual a menina prendeu o cabelo, e a seguiu pelas escadarias da torre. O coração de Marina batia a mil. O mímico imitava-a pela rua, andando abraçado com ela, o que confundia os mafiosos, que estavam procurando uma menina sozinha.

Marina estava muito tensa. Se eles a vissem estaria tudo perdido! Faltavam poucos passos para chegarem às lojas. Olivier, então, fez sinal que a esperaria ali. Ainda tensa, Marina entrou na rua das lojas e começou a olhar tudo com muita atenção.

Da esquina, Olivier vigiava tudo e, às vezes, dava uma escapadinha para olhar Marina. Mas ela nem percebia, pois em sua mente só aparecia a figura de Sherlock Holmes. O que ele faria agora? Em que pensaria? Ela sabia que, se quisesse encontrar a pista, teria que pensar como ele e, portanto, ter os mesmos olhos investigativos, que poderiam notar qualquer detalhe ou vestígio por mais minucioso que fosse.

Marina viu uma loja de perfumes com uma placa informando ter sido inaugurada em 1889, mesmo ano em que a Torre Eiffel foi fundada! E o que era ressaltado no papelzinho? Gastronomia, moda, queijos e perfumes. Perfumes! Marina entrou na loja, decidida! Avistou então uma senhora que conversava com alguns turistas em inglês. Ela parecia ser a dona da loja, e a menina foi se aproximando enquanto ouvia partes da conversa:

— Esta loja é a mais antiga de todo este centro, meu bisavô fundou-a junto com a construção da torre em 1889! E está na minha família há anos e anos! Todos os anos, recebemos turistas do mundo inteiro interessados pelo presente mais valioso da França, seus perfumes.

Ao ouvir isso, Marina não tinha mais dúvidas! Foi no passado que Sherlock esteve ali. Ela procurou que nem louca uma pista, mas não teve sucesso. Então, voltou a observar a senhora, que agora estava sozinha mexendo em algumas coisas atrás do balcão. Foi até ela e perguntou em inglês:

— Com licença, senhora, eu achei muito interessante a sua história! Estou fazendo um trabalho escolar sobre as minhas férias e adoraria saber mais sobre sua loja. A senhora poderia me explicar melhor como tudo começou? Há algo de especial nos perfumes daqui?

A mulher abriu um largo sorriso. Parecia que Marina era a primeira pessoa a se interessar por suas memórias. Ela se sentou atrás do balcão e começou a falar:

— Ah, minha querida, esta loja tem muita história. Se eu fosse lhe contar tudo o que já se passou, você perderia suas férias aqui! E teria de escrever um livro! Pois, faz muito tempo que meu pai...

E a francesa não parava mais de falar. Marina, ciente da importância de se aprender com a experiência dos mais velhos, ouvia com atenção tudo, principalmente quando ela mencionava a palavra perfume. Foi assim que ouviu o que precisava:

— Então, foi assim que nós escolhemos o símbolo da loja, graças ao vidro de perfume que meu bisavô recebeu de um jovem inglês há muito tempo. Nunca vou me esquecer de quando meu pai me contou, pois trouxe muita sorte à loja e tinha uma fragrância única! Um vidro de perfume no formato da Torre Eiffel todo dourado, maravilhoso!

Marina não se continha em felicidade:

— Um jovem inglês? Puxa, deve ser realmente incrível esse perfume! A senhora ainda o tem? Não o vendeu, certo?

Agora Marina sentia um leve frio na barriga de angústia. "Já pensou se eles o venderam?", pensava. Se fosse assim, ela nunca acharia a pista que com toda a certeza estava lá. Seus pensamentos nem puderam durar muito, já que a senhora falou meio ofendida:

— Mas é claro que nunca vendi, senhorita! Esse perfume é um patrimônio histórico de minha loja, como eu disse, trouxe muita sorte e é maravilhoso! Um bem que não tem valor!

Marina foi invadida por um sentimento de alívio e prosseguiu:

— Eu posso ver o perfume? Quero dizer, por favor, senhora, seria maravilhoso tirar uma foto com o meu celular para ilustrar o meu trabalho da escola!

A senhora, meio desconfiada e enciumada, torceu o nariz. Mas, depois de instantes de insistência de Marina, concordou em levá-la até onde estava o frasco precioso. A menina detetive seguiu a senhora por detrás do balcão da loja, chegando aos fundos. As duas subiram no sótão da loja todo empoeirado e escuro.

A senhora, então, mostrou um baú muito bem cuidado em relação ao resto das coisas ali deixadas. Abriu-o com uma chave pendurada no colar que levava ao pescoço e revelou a Marina o interior do baú, onde se encontrava o maravilhoso frasco do perfume!

Os olhos da menina brilhavam e seu coração palpitava: ela havia encontrado! A mulher, olhando com atenção todos os movimentos da menina, mostrou na mão o pequeno frasco.

Marina o avaliava rigorosamente e nada, até que reparou em uma plaquinha pendurada por uma corrente que saía da tampa do frasco. Rapidamente, leu o texto gravado nela e percebeu que era o que buscava! Pegou sua câmera e fotografou a placa, pois sabia que não poderia levá-la consigo.

A senhora pegou o frasco e o guardou novamente com cuidado, dizendo:

— Pronto, já viu o que queria! Já tirou sua foto, agora me deixe voltar à loja.

A menina sorriu e agradeceu à senhora e, quando estava pronta para descer do sótão, ouviu a voz de um homem no andar de baixo:

— Ei, vocês não podem subir aí sem autorização!

Marina foi então empurrada da entrada do sótão por dois homens que invadiam o local aos berros:

— Carlo, Carlo! La ragazza è qui! Sembra la descrizione del capo!

Marina, que conhecia algumas histórias da máfia italiana, sabia que "capo" era como se chamava um chefão da organização. Agora ela começava a desconfiar que os perseguidores podiam estar ligados à máfia mais famosa do mundo, a máfia italiana, e percebeu que estava bem encrencada!

Nesse momento, a dona da loja começou a berrar em francês por socorro. Olivier, que desconfiara dos sujeitos logo que entraram na loja, jogou pedras no vidro do sótão, quebrando-o para chamar a atenção para o que ocorria ali. Marina aproveitou que os bandidos se distraíram com o barulho dos estilhaços e correu até a senhora, pegando a chave de seu pescoço e lançando-a pela janela para Olivier, sem que a senhora se desse conta disso. Um dos homens, muito irritado, interrogou-a sobre o que Marina queria ali. A senhora, com medo, começou a falar. O olhar dos mafiosos chegou até o baú dourado. O homem mandou a senhora abri-lo. E ela respondeu, gaguejando:

— Quem é o senhor, afinal?

— Senhora, abra esse baú agora.

A velhinha, então, percebeu que não estava com a chave.

— A chave estava comigo agora mesmo. Acho que caiu por aqui.

Todos então começaram a procurar a chave no chão. Marina, nesse instante, aproveitou o momento de distração geral e saiu por uma das janelas do sótão, que dava em um telhado baixo. Um dos homens ainda agarrou-a pela perna, mas ela conseguiu se desvencilhar.

Da rua, Olivier lhe indicou a janela do sótão da loja vizinha e foi para lá ajudá-la. Os comerciantes locais o conheciam há tempo, sabiam que era órfão e que vivia se esguivando da polícia, mas que era um bom rapaz. Logo se dispuseram a ajudá-lo na sua tarefa de resgatar Marina daquela situação. Um dos homens seguiu a garota pelo telhado, mas não conseguiu alcançá-la antes de Olivier deixá-la entrar e trancar a janela do sótão da loja vizinha.

Nesse momento, a polícia chegava ao local, chamada pelo funcionário da loja. Marina agradeceu a Olivier e a todos que a ajudaram e, com o coração disparado, correu de volta para a torre, pois tinha que retornar com o ônibus da excursão turística.

Chegou bem a tempo de ver seu grupo de excursionistas saindo do monumento, todos conversando tranquilamente: parecia que ninguém tinha percebido seu sumiço! Rápida, juntou-se ao grupo bem a tempo da contagem feita pela guia para conferir se todos estavam lá! Ufa! Já dentro do ônibus de turismo, ainda muito assustada e ofegante, ela viu a torre sendo deixada para trás e toda a confusão que se formara nos arredores da loja. Só então se deu conta de que deixara a chave do baú com Olivier.

Ao chegar sã e salva ao hotel, Marina reencontrou Camille, que a aguardava ansiosa por saber das novidades. Porém, a garota não pensava em outra coisa: Olivier, o amigo, além de ajudá-la, estava com a chave do baú. Depois de dizer para a amiga que tudo correra bem e que ela já sabia para onde deveria seguir, foi até seu quarto e ligou a TV no noticiário, que relatava o suposto "assalto" à loja. De acordo com o noticiário, tudo havia sido esclarecido e, na verdade, não passava de um mal-entendido!

Marina, nesse instante, sentia muita raiva, pois com certeza era mais uma forma de os mafiosos enganarem a polícia e saírem impunes. Mas algo a deixava intrigada: será que eles conseguiram a chave? Onde estava Olivier? Suas perguntas foram resolvidas logo com o complemento do noticiário, que dizia:

"No local, brigando com um dos acusados, encontrava-se um adolescente de rua procurado há muito tempo pela polícia, conhecido como Olivier, o mímico. Este menino fazia mímica pelas ruas de Paris desde os oito anos de idade, quando escapou do orfanato local. Hoje à tarde, ele foi levado para lá, e segundo a assistente social..."

Marina desligou a TV. Não precisava de mais nada! Já tinha sua informação. Agora ela precisava, além de ajudar o amigo a sair do orfanato e ter uma nova perspectiva em sua vida — para retribuir-lhe o favor de ter salvo a sua vida —, saber o paradeiro da chave. Depois de alguns minutos, o telefone do quarto tocou. Era Holmes IV, que havia sido informado por Camille do sucesso da investigação de Marina e estava muito impressionado com a rapidez dela em descobrir a segunda pista.

— Sherlock, eu preciso de um grande favor seu — arriscou a menina, pesando cada palavra, pois ainda não tinha certeza absoluta de que os perseguidores eram da máfia italiana, e queria poupar o amigo de mais preocupações.

— Claro, Marina. Basta me dizer. O que foi? Você correu algum perigo?

A garota, com receio de assustar Holmes IV, decidiu não contar o que acontecera.

— Nada muito grave. Mas para conseguir a nova pista, precisei da ajuda de um rapaz que faz mímica nas ruas, e ele acabou sendo prejudicado. O nome dele é Olivier, e ele foi levado para um orfanato.

Sherlock afirmou que se encarregaria de tirar Olivier do orfanato no mesmo dia e que o levaria para conversar com Marina, para que ela se certificasse de que ele estava bem.

A menina se tranquilizou. Decidiu tomar um banho e descansar o resto do dia. Ela não parava de pensar no mais novo amigo e teimava em aceitar que os perseguidores realmente fossem da máfia italiana. Olivier se arriscara por ela sem nem mesmo a conhecer direito. Isso, realmente, havia impressionado Marina. A única coisa que tirava Olivier de sua cabeça era que até agora não tinha lido direito nenhuma linha da tão esperada pista. Marina então pegou a máquina fotográfica digital e ampliou a foto com detalhes, conseguindo ver:

> Foi a terra de convivência de muitas civilizações europeias. É o local de nascimento de diversos estilos de arte que se espalharam pelo mundo. Conhecido também por sua gastronomia, esse país possui muitos monumentos históricos, com destaque para um antigo anfiteatro, símbolo de um Império e importante monumento da arquitetura mundial.

Marina terminou de ler e começou a levantar as hipóteses sobre os possíveis países que se encaixariam na descrição.

Durante um fabuloso jantar com Camille, a menina revelou tudo, ou quase tudo que acontecera, pois achou melhor não contar para ela também sobre os homens que a perseguiram. Mesmo assim, levou uma enorme bronca por ter se afastado do grupo de turistas. A agente da SHIFA explicou que em primeiro lugar estava a segurança de Marina e ainda ameaçou abortar a missão, caso ela não cumprisse o combinado, por menor detalhe que fosse. Neste momento, a jovem detetive gelou. Não poderia ter chegado tão longe para voltar para casa sem resolver o enigma. Então, decidiu, equivocadamente, que não comentaria nada com Holmes IV ou qualquer pessoa da SHIFA sobre a sua suspeita do envolvimento da máfia italiana no caso.

Marina voltou ao quarto já tendo na cabeça o nome do país que, com toda certeza, seria o seu próximo destino. O que não lhe causara muito entusiasmo, mas sim preocupação. Em minutos, ela adormeceu.

No dia seguinte, levantou-se o mais rápido que pôde. Não via a hora de encontrar Olivier e saber o que acontecera. E, claro, agradecer-lhe por tudo também. Camille ligou no quarto informando que a levaria ao aeroporto logo depois do café. Marina perguntou sobre o mímico:

— Então, Camille, onde posso encontrá-lo?

E a amiga respondeu:

— Desça para o café da manhã, Marina!

A menina desligou o telefone e desceu correndo. Chegou ao restaurante e percebeu que Olivier, agora bem vestido e muito diferente, estava à sua espera em uma mesa com Camille. A menina ficou admirada com o mímico, que sorriu para ela.

— Bonjour, Marina!

A menina retribuiu o cumprimento e, servindo-se de frutas, aguardou que Camille se afastasse para ir ao banheiro e começou a falar:

— Nossa! Eu nem tenho como lhe agradecer por tudo o que fez por mim. Se não fosse por você, eu poderia ter sido pega e...

Ele a interrompeu:

— Eu é que agradeço, Marina. Holmes IV cuidou de tudo! Ele entrou com um processo para se responsabilizar por mim e logo vou morar no apartamento que a SHIFA tem em Paris. Estou muito feliz.

— Você não contou para ele sobre...

— Não se preocupe. Quem vive nas ruas, precisa aprender a ficar de boca fechada. Se você quiser contar, é problema seu.

Ele riu nervosamente, servindo-se de croissants para disfarçar. Depois de muita conversa e boas risadas, Marina se lembrou de algo importantíssimo que havia deixado de lado: a chave. Ela perguntou sobre o que acontecera depois que fugira e ouviu o que mais temia:

— Eu não pude fazer nada, eles devem ser homens poderosos porque não foram presos! Arranjaram uma ótima desculpa — o menino fez sinal de dinheiro com a mão. — E ainda alegaram que eu os assaltava, acabando por tirar a chave das minhas mãos. Não pude fazer nada, Marina, desculpe-me.

A menina não escondeu sua cara de desânimo e preocupação, pois agora teria o risco de encontrá-los no próximo destino também, mas não pôde deixar de consolar o amigo:

— Relaxa, Olivier! Você fez o que podia. E já me ajudou muito. Obrigada por tudo. Não sei se nos veremos de novo, então, espero que você seja muito feliz aqui e boa sorte!

Os dois se abraçaram.

Depois de terminarem o café da manhã, ela se despediu do amigo e dos deliciosos croissants do hotel, e Camille a levou para o aeroporto com um novo destino...

CAPÍTULO 3

O teatro

Sentada na poltrona do avião, Marina observava o céu pela janela. Holmes IV servia-se de chá e, fechando seu jornal, olhava-a com o canto dos olhos. Ele tentava achar palavras, durante toda a viagem, para arrancar de Marina o que a deixava com aquele ar de preocupada. Assim, dando um gole no líquido quente, ele pôde soltar a primeira frase, depois de uma longa viagem:

— Marina? Está tudo bem? Desde que disse ao piloto o destino não ouvi mais nenhuma palavra sua... Algum problema, minha cara?

A menina, que estava totalmente distraída em seus pensamentos, despertou com as palavras de Holmes IV:

— Hã? Sim, sim... É, eu estou bem — responde com tal desânimo que aumentou a preocupação do amigo.

— Certo, mas aconteceu algo em Paris, não é?

Marina concordou levemente com a cabeça e, depois de alguns minutos, apenas conseguiu dizer:

— Sherlock, na verdade, muitas coisas aconteceram lá em Paris. Eu tive medo de não encontrar a nova pista e a aventura acabar. Mas também fiz um novo amigo, o Olivier, que me ajudou a desvendar o primeiro desafio. Depois do episódio de Paris, eu não sei se sou a mais preparada para tudo isso — revelou, escondendo o que realmente a assustara na cidade francesa.

Voltando a olhar a janela, ela respirou fundo e continuou:

— Não quero passar por uma menina medrosa, mas a verdade é que eu tive um pouco de receio de não conseguir corresponder às suas expectativas e encontrar uma das mais importantes memórias de Sherlock Holmes.

Holmes IV afirmou com plena certeza:

— Sim, eu fiquei sabendo do que ocorreu. Conversei com seu amigo Olivier. Ele não quis me dar detalhes do episódio, mas garantiu que você se saiu muito bem. Eu não tenho como saber exatamente como tudo aconteceu, Marina, e sinto que tem mais coisa aí. Mas posso garantir que você foi ótima!

Marina agora prestava atenção no amigo, para ver se ele desconfiava do envolvimento da Máfia Italiana. E se sentia aliviada pelas palavras de admiração dele. A missão iria continuar!

— Eu a convidei para essa missão e você a aceitou sem termos muita certeza se passaríamos dessa pista em Paris. Muitos haviam tentado antes sem sucesso. Mas você logo a superou, o que demonstra que não há pessoa melhor para isso do que você! Só digo uma coisa: continue a ser você mesma e a usar a sua melhor arma...

A menina o interrompeu:

— Que arma, Sherlock?

Ele apenas deu um leve sorriso e disse:

— Esta arma!— e aponta para a cabeça de Marina, explicando: — A sabedoria, a melhor de todas as armas, é com ela que você irá conquistar todos os seus objetivos, inclusive este sonho, esta aventura de detetive em nome de seu grande ídolo, Sherlock Holmes!

Marina estava novamente motivada, já não temia mais aqueles brutamontes da máfia! Parecia que, ao ouvir o nome do detetive, todas as dúvidas se dissolviam. Assim, ela encheu o peito de coragem e sorriu para o amigo.

— Olha só! Parece que o tempo se passou rapidamente, olhe para baixo! — disse, e completou: — Benvenuti in Italia!

A menina olhou pela janela com atenção, deixou escapar um leve suspiro e disse:

— Benvenuti a Roma! Capital do antigo grande Império. Cidade que abriga o anfiteatro mais famoso do mundo, o grande Coliseu.

Holmes IV deixou Marina com outra colaboradora da SHIFA, Nicole, uma jovem de 18 anos, olhos verdes e cabelos castanhos, que já os esperava no aeroporto. Ao lado dela, a menina detetive entrou no Hotel Delle Province com a mesma motivação da chegada à Itália.

No saguão principal, olhando para o esplendoroso teto onde figuravam anjos dourados, podia-se notar que se estava na Itália, país de grandes e fabulosos artistas como Leonardo Da Vinci e Michelangelo. Novamente com outro nome, Roberta De Cesare, a garota passou na recepção e seguiu a sugestão de Nicole de descansar na suíte após a viagem.

Ao acordar, horas depois, Marina tomou uma ducha, arrumou suas coisas e desceu para jantar. No restaurante, ela ficou feliz ao perceber que seu prato favorito, a lasanha, era o que não faltava ali. Jantando sozinha, a menina aproveitou o som da música tocada ao vivo no restaurante, que, para sua surpresa, era música popular brasileira. Começou então, novamente, a tentar decifrar a segunda pista.

Ela já sabia que o local era o Coliseu. Mas ainda faltava extrair mais informações da pista e, dessa vez, deveria agir ainda mais rápido, já que estava em território conhecido e comandado pela máfia italiana!

Marina lia e relia o texto digitalizado em seu celular. E passava os olhos por uma mesma linha, várias vezes mais. Havia terminado de comer e ainda tentava decifrar a pista até que se assustou com uma cadeira sendo puxada em sua mesa. Nicole sentou-se ao seu lado, sorrindo exageradamente e muito animada, e cumprimentou-a em italiano. Marina percebeu que estava sendo cumprimentada e falou a única frase que decorara em italiano:

— Sono brasiliana, non parlo italiano.

Nicole, então, falou alegremente:

— Não se preocupe, Marina. Eu falo muito bem e vou acompanhá-la por onde for! — explicou em português.

— Que bom, mas onde foi que você aprendeu a falar português tão bem?

A jovem contou que morava no hotel porque sua mãe trabalha na cozinha e o pai, que é brasileiro, se encarregava da música. Era o cantor do hotel.

— Eu amo o Brasil! Nasci lá, mas vim para Itália no mesmo ano, depois foi que viajei novamente para lá com os meus pais, quando tinha seis anos de idade, e nunca mais voltei. Gostaria de ir novamente!

Nicole então revelou que até pouco tempo colaborava com várias associações, recebendo os filhos de diplomatas e outros figurões durante encontros internacionais muito comuns em Roma. Quando a SHIFA abriu uma vaga para o país, em busca de alguém que falasse português, ela se candidatou imediatamente.

— Também sou fã do Sherlock Holmes, entende? Agora quero que saiba que não vou deixar você correr nenhum risco, como o incidente em Paris. Qualquer coisa, me avise, pois temos agentes disfarçados por perto e, se for necessário, eles entram em ação imediatamente. Pedi as imagens da câmera de vídeo da Torre a um amigo, e em breve a SHIFA saberá quem eram os sujeitos e vamos monitorá-los, não deixaremos que se aproximem.

Marina entendia muito bem. E assim as duas, em tão pouco tempo, já estavam bem entrosadas, combinando de visitar o Coliseu juntas no dia seguinte. A garota se sentiu mais segura tendo Nicole ao seu lado, e se visse os perseguidores de novo, falaria a verdade com certeza. Nicole saberia o que fazer.

Já havia amanhecido e o sol tocou o rosto da menina, que despertou e olhou a hora. Vendo que já eram 9h45, levantou com um pulo da cama, pois havia combinado com a amiga às 10 horas. Arrumou-se apressadamente e, sem tomar café nem nada, correu até a frente do hotel, onde a amiga a aguardava.

— Finalmente, Roberta, que demora! Estou à sua espera há 20 minutos! — disse Nicole, fazendo questão de usar o nome falso da menina por segurança.

Marina, olhando o relógio e ofegante pela corrida até a entrada do hotel, respondeu:

— Nós combinamos às 10 horas da manhã e se passaram apenas 5 minutos!

A jovem, sorrindo, disse com satisfação:

— Sim, sim é verdade! Eu é que cheguei 15 minutos adiantados, não me contive, estou tão ansiosa!

Marina balançou a cabeça e, preocupada com a segurança da nova amiga, recordou a história da perseguição que o próprio Holmes IV havia relatado antes para ela, mantendo a sugestão de que poderiam ser editores de livros.

— Nicole, essa missão da SHIFA está ligada a um segredo e tem gente tentando encontrá-lo antes de mim... — Marina nem pôde terminar e foi interrompida.

— Não se preocupe, a SHIFA já me deu todas as orientações. Precisamos ser bastante cuidadosas mesmo, e eu vou ajudá-la nisso. Vamos?

Marina, sem muito tempo para conversas, entrou no carro da SHIFA que as levaria ao Coliseu. Durante o caminho, Nicole não parava de falar sobre o anfiteatro! Empolgada como sempre, ela contava à amiga detalhes sobre o local:

— O Coliseu também é conhecido como Anfiteatro Flaviano. O nome vem da palavra latina Colosseum, por causa de uma enorme estátua do imperador Nero, que ficava perto da edificação e era conhecida como Colosso de Nero. Essa estátua já não existe. O Coliseu fica bem no centro de Roma e é considerado um anfiteatro único pelo tamanho realmente incrível. Tem 48 metros de altura e era capaz de abrigar mais de 50 mil pessoas. Demorou quase dez anos para ser construído, ficando pronto no ano 80, e era usado para variados espetáculos.

Marina a interrompeu, assustada:

— Nossa, Nicole, você andou pesquisando!

A amiga apenas riu e prosseguiu:

— Pesquisei sim, mas isso muita gente sabe aqui em Roma! Apesar de estar em ruínas, devido a terremotos e a pilhagens, o Coliseu sempre foi visto como símbolo do Império Romano. É um dos melhores exemplos da arquitetura desse Império, que durou do século 1 a.C. até meados do século 5 d.C. e dominou partes da Europa, da África e da Ásia. Como eu disse, nesse teatro eram exibidos diferentes espetáculos, entre eles diversos tipos de jogos realizados na cidade, como aqueles combates entre gladiadores que a gente vê nos filmes, chamados muneras. Eram espetáculos pagos por pessoas em busca de prestígio e poder. Atualmente, o Coliseu é uma das maiores atrações turísticas de Roma.

Nicole parou para respirar um instante e depois prosseguiu:

— A construção do Coliseu...

Depois de ouvir muitas outras informações fornecidas por Nicole e de admirar a cidade de Roma, Marina percebeu que o carro parara em frente à ruína gigantesca do Coliseu!

As duas saíram do carro se misturaram a alguns turistas, entrando na grandiosa construção. Lá se viam a arena central, as câmaras abaixo onde ficavam os leões e outros animais. Na parte de cima, encontravam-se os lugares onde o povo assistia às lutas entre gladiadores e outras apresentações.

Para alguns, o Coliseu não passava de ruínas, mas para Marina, apaixonada por história, era um local de lembranças, um tesouro do incrível Império Romano. Nicole, que cansara de ver aquilo, começou a passar a mão na frente dos olhos de Marina, dizendo:

— Roberta? Oi? Acorda! Você tem que achar a próxima pista, lembra?

Marina acordou do transe de pensamentos históricos e se lembrou do que viera fazer ali:

— Ah! Verdade, Nicole, me desculpe. Venha, vamos dar mais uma olhada pelo local.

As duas andaram por toda a estrutura, escutando um pouco de cada coisa que o guia falava. Claro que Nicole traduzia tudo para Marina, que percorria com seus olhos todos os detalhes internos e externos da construção.

— Bem, vamos ver o que ressalta a pista! — disse Marina. — Não vejo nada de comida, então nos resta a parte sobre os movimentos artísticos, certo?

Nicole concordou e, após alguns instantes, deu um berro:

— Roberta! Roberta, já sei!

Marina olhou para os lados e, fazendo sinal de silêncio para a amiga, sussurrou:

— Nicole, silêncio! Lembra-se dos editores de que Sherlock falou? Eles podem estar em qualquer lugar!

Nicole, agora colocando as mãos na boca, pediu desculpas e prosseguiu baixinho:

— Eu já sei, amiga!

E, fazendo Marina segui-la até a entrada do Coliseu, apontou uma pequena e antiga galeria de arte, numa esquina próxima à ruína em que elas se encontravam. Marina, na hora, deu um pulo de alegria e abraçou a amiga, mas, então, se lembrou de que ninguém podia notá-las, e puxou a amiga pela mão cautelosamente em direção à pequena loja. No caminho, ela ia olhando para todos os lados, com medo de que homens como os do episódio em Paris se aproximassem novamente. Mas, pelo menos até ali, nenhum sinal estranho. Assim, as duas amigas entraram na pequena galeria e perceberam um jovem senhor sentado, limpando um quadro. Nicole falou baixinho para Marina:

— Roberta, vá observando a galeria enquanto eu vou lá falar com ele, com certeza só deve falar italiano. Então, deixe ele comigo!

Marina fez sinal positivo com a cabeça e se direcionou aos quadros expostos, começando a investigar. A outra menina se aproximou do senhor e começou a falar em italiano. Como uma genuína detetive, Marina reparava em tudo, lembrando-se exatamente do que havia lido, sabendo que, o que quer que ela fosse procurar ali, devia estar em pinturas dos movimentos artísticos do Renascimento ou do Barroco, que ela já havia estudado na escola, nas aulas de Arte. Mas como saber qual? Foi aí que, por coincidência do destino, a resposta chegou com a voz de Nicole, que agora corria até a amiga para contar:

— Roberta! Acabei de conversar com o senhor, que é o dono da galeria, mas não é artista. A verdade é que esses quadros são de gerações de pintores da família dele!

Ouvindo aquilo, Marina disse, sem muita animação:

— Até aí tudo bem, mas precisamos de algo melhor se quisermos...

Nesse momento, Nicole interrompeu a amiga:

— Espera, tem algo de interessante sim! Este senhor disse que os quadros daqui são todos renascentistas! Logo, exclui-se a opção sobre arte barroca. Mas o mais interessante é que ele falou que todos os quadros foram pintados por familiares dele, exceto aquele ali — Nicole apontou para um quadro de moldura dourada, com a representação antiga do magnífico Coliseu.

Os olhos de Marina brilharam ao ver o que desejava! A menina saiu em disparada até o quadro, mas, ao avaliá-lo, desanimou, dizendo:

— Não há nada aqui, Nicole! Nenhuma pista, nada.

Marina, incrédula, se juntou à amiga e tentou encontrar algo mais. Até que escutou o velho italiano falar em sua língua algumas palavras...

Após observar Nicole fazer algumas perguntas e caras estranhas, Marina começou a indagar, preocupada:

— O quê? O que aconteceu? O que ele disse a você?

E Nicole, desanimada, contou:

— Ele falou que, da mesma forma que nós duas, ontem à tarde uns homens mal-educados vieram até a galeria dele e se interessaram pelo mesmo quadro. Foram até ele e, depois de uns instantes, desapareceram com um papel nas mãos. Ele não tentou recuperar o papel porque continha apenas informações sobre o autor da obra, um artista desconhecido amigo da família.

Marina ficou arrasada. Seus olhos se voltavam para o quadro sem perceber sentido algum em tudo aquilo. Tentando mentir para si mesma e acreditar que a pista ainda estava ali, no fim teve de admitir que os mafiosos haviam chegado primeiro e que ela havia fracassado.

Até que o senhor, vendo a tristeza das meninas, voltou a falar com Nicole, que, após alguns segundos, chamou Roberta, toda animada:

— Olha o que ele me contou: que muito tempo atrás seu pai havia dito que esse episódio ocorreria em sua galeria. Que ele não poderia entregar o quadro para a pessoa errada.

Marina se levantou e começou a prestar muitíssima atenção no que dizia Nicole.

— Ele contou que algumas pessoas viriam procurar por um papel num quadro (deve ser a sua famosa pista), e que ele deveria deixar levar a pista errada, que se encontrava no quadro do Coliseu, e que ele só entregasse a verdadeira para uma pessoa em quem ele confiasse.

Marina sorria e o entusiasmo lhe invadiu o peito. Ela olhava todo o tempo para o homem, que concordava com a cabeça. Nicole continuou, entusiasmada:

— Ele falou que essa história passou de geração em geração em sua família, e depois de anos a ouvindo, ele esperava entregar o quadro verdadeiro para uma pessoa bem diferente. Mesmo assim, vai entregá-lo a nós!

Marina deu um pulo de felicidade e abraçou o senhor numa reação de pura empolgação! Ele até se assustara, e Marina só ria. Depois desse estranho, porém alegre episódio, o dono da loja as guiou até um quadro escondido por um pano na frente, e então tirou-o para que elas pudessem ver:

— Ecco quello che cercate!

O que, segundo Nicole, significava: aqui está o que procuram! Assim, retirando o pano, ele mostrou a nova pista, mas apenas o que Marina e Nicole viram era uma pintura do relógio Big Ben, em Londres. A menina detetive se aproximou e tentou, de todas as formas, achar algum papel. Nicole traduziu o que o homem acabara de falar:

— Ele disse que não há o que procurar. Esta é a pista do próximo lugar, que de pista não tem nada, já que está evidente que o local pintado é Londres — concluiu a amiga.

Marina, olhando ainda para o quadro, entendeu que seu próximo destino era a capital da Inglaterra!

No dia seguinte, após o café da manhã, ela se despediu da amiga Nicole, que, como sempre, não parava de falar! Marina sabia que sentiria saudades de Nicole e até falta daquela característica da animada amiga.

Após a triste despedida, o jato de Holmes IV aguardava Marina, que na noite passada fizera questão de inteirar o amigo de tudo o que acontecera e, principalmente, do próximo destino, que ele conhecia muito bem: Londres.

Capítulo 4
A casa de chás

Holmes IV nem acreditava que, depois de tanto tempo procurando por vários países, a pista se encontraria ali, bem debaixo de seu nariz. Fazia algumas horas que estavam viajando e ele já havia entregado uma nova identidade a Marina, que, desta vez, parecia muito mais animada e tranquila em relação à sua missão, pois sabia que a máfia havia sido despistada!

Com essa sensação de paz, Marina, agora se chamando Mary Jones, chegou, junto com o amigo Holmes IV, à maravilhosa cidade de Londres, capital da Inglaterra. A menina ficou surpresa ao descobrir que ficariam acomodados em uma casa da SHIFA que ficava na 223B, exatamente ao lado do número 221B da Baker Street, no centro londrino, onde o famoso detetive Sherlock Holmes teria morado.

Entusiasmada, Marina disse:

— Bom, Sherlock, um local exato já temos! Como lhe disse, depois de ver aquele quadro, não tenho dúvidas de que encontrarei o que preciso no Big Ben desta vez!

O amigo concordara com a cabeça e, sentado, olhando pela janela da confortável casa e servindo-se de chá, como de costume, disse, calmo:

— Sem sombra de dúvidas, minha cara amiga, mas vamos com calma. Por que não descansa um pouco? A viagem foi cansativa. Eu já lhe mostrei seu quarto.

Então Holmes IV, sorrindo e abrindo novamente um jornal inglês, mergulhou em sua leitura diária. Marina, que realmente estava exausta, nem pensou em questionar a sugestão dele: foi para seu quarto tomar uma ducha e descansar.

No dia seguinte, ela acordou com o barulho que vinha das ruas: de fato, encontrava-se em um centro bem movimentado! Mas o som era, principalmente, de buzinas de bicicletas. Pelo visto, um meio de transporte muito utilizado e popular por ali. A menina estava agora tomando seu café junto do amigo.

— Nem acredito que estou na casa de Sherlock Holmes!

— Bem, na verdade, estamos na casa do lado. A verdadeira casa, no número 221, foi transformada no museu dedicado a Sherlock Holmes. Podemos visitá-lo, se você quiser.

— Mas é claro! Você tem alguma dúvida de que eu iria lá?

— Bem, Marina, você pode explorar agora mesmo o museu. Depois, irei levá-la para conhecer o famoso Big Ben! E, se me permite, poderei lhe deixar a par de todas as principais informações sobre esse monumento.

A menina, terminando seu café, concordou com a cabeça positivamente. Pouco depois, já se viam os dois saindo da casa e entrando no museu. Holmes IV explicava pacientemente a Marina sobre os detalhes do lugar.

— A construção data de 1815 e está protegida por lei como patrimônio cultural do país. A antiga casa foi aberta como museu dedicado à vida e época de Sherlock Holmes, e o seu interior foi mantido para a posteridade exatamente tal como descrito nas aventuras publicadas.

Marina estava impressionada. A emoção que sentia era indescritível. Dezessete degraus separavam o térreo do primeiro andar, onde ficava o famoso estúdio retratado em diversos livros. A menina sentia como se já estivesse estado ali muitas vezes.

Sentou-se na cadeira do Sr. Holmes ao pé da lareira e pediu que Holmes IV tirasse uma foto sua. Conheceu o quarto junto ao estúdio e admirou cada pertence do famoso detetive: o seu chapéu de caça, a lupa, o violino, equipamentos de química, livro de notas e outros objetos.

— As pessoas vêm aqui pela admiração ao personagem da ficção, e acreditam que é tudo falso. Mas, na verdade, cada objeto aqui realmente pertenceu a Sherlock Holmes — dizia o bisneto com orgulho.

— É espetacular! — Marina repetia várias vezes.

Passaram horas ali. Holmes IV deu a Marina canetas, chaveiros, cartões postais e toda sorte de souvenires do museu. Ele mostrou que pessoas de todo o mundo visitavam a casa e acessavam o site da SHIFA, participando dos desafios que a associação promovia para estimular o surgimento de novos detetives, como aconteceu com Marina.

Em função do trabalho de gestão da SHIFA, Holmes IV teve que aprender diversas línguas para poder se comunicar com todos os fãs do grande detetive e traduzir suas obras fielmente.

Marina estava encantada. Era mesmo privilegiada por poder conhecer tudo aquilo de perto.

— E como vocês mantêm tudo isso? Eu nunca gastei um centavo no site.

— Recebemos doações do mundo inteiro. Pessoas que admiram as histórias de Sherlock Holmes e querem que elas sejam preservadas e divulgadas. Não posso reclamar, os fãs são muito fiéis e gentis. Mas vamos encerrar esta visita, certo? Não quero apressá-la, mas, gostaria que fôssemos ao Big Ben logo após o almoço.

— Claro, estou encantada com o museu, mas sei que temos um dever a cumprir! Podemos ir para casa.

— Não sem antes você assinar o livro de visitas ilustres! – disse Holmes IV.

— É uma honra, Sherlock!

Após o almoço, Marina e Holmes IV partiram a pé para o grande relógio, que se localizava nas proximidades da casa do detetive. Ele já estava uns passos à frente da menina e continuava bem apressado. A garota chegou a correr em alguns momentos para alcançá-lo. Um tempo depois, Marina olhou para cima e viu em sua frente aquela enorme edificação retangular e espichada para cima, com o topo em forma de pirâmide, onde se encontrava o grande relógio, o Big Ben, que antes ela só vira descrito em livros e em fotos ou pinturas. Sua atenção ao grande relógio foi então desviada pela fala de Holmes IV, que a instruiu:

— O Big Ben, ao contrário do que muitos pensam, não é um relógio enorme, nem essa torre, mas sim o nome do sino que ele contém e que pesa nada menos que 13 toneladas! O relógio do Big Ben se chama Tower Clock, a Torre do Relógio, e é um símbolo da pontualidade inglesa, por ser considerado o mais preciso do mundo. Desde 1859, o Tower Clock marca as horas oficiais não só da Inglaterra, mas do mundo inteiro. Londres é considerada referência para os demais países. As horas de todos eles são calculadas a partir do horário oficial do meridiano de Greenwich, uma linha imaginária que passa pelo Observatório Real localizado aqui perto.

Marina, agora surpresa, exclamou:

— Nossa, eu não sabia que este relógio é o mais pontual do mundo! E que a hora que marca é referência para os outros países. Por isso é tão famoso!

E, calando-se para escutar o amigo, ela voltou a ouvi-lo com atenção:

— A Torre do Relógio mede 96 metros de altura e contém, na verdade, cinco sinos, sendo o maior e o mais famoso o Big Ben. O famoso relógio da Tower Clock, que possui quatro faces, conta com ponteiros enormes: o das horas tem dois metros e setenta centímetros, e o dos minutos, quatro metros e trinta centímetros.

A menina agora reparava nos ponteiros que indicavam 15h47min da tarde naquele exato momento. Ela, então, tirou seu celular do bolso e focou seu olhar na foto do quadro que encontrara na Itália. No quadro notava-se o grande relógio no alto da torre e a reprodução da vizinhança desta edificação, todo em tons azulados, que indicava ser noite no quadro. E então voltando a olhar o relógio, Marina virou seu rosto para olhar atentamente para tudo em sua volta.

Por enquanto, ainda não havia identificado nada semelhante ao quadro. Até que passando seus olhos mais uma vez no detalhe da foto do quadro ela percebe algo diferente. Dando um zoom no celular ela pôde aproximar a visão, na foto, de uma casinha que ficava quase em frente ao Big Ben. Nesta se podia notar algo de diferente, algo que não estava em tons azulados, mas, sim, com uma leve coloração amarelada, onde se via um pequeno relógio numa placa.

Ao ver isso, a menina detetive não teve dúvidas. Deixou o celular na mão de Sherlock que, sem entender nada, apenas viu Marina se posicionar em frente ao Big Ben. Ela contou duas casas e pode ver uma plaquinha com a figura de um relógio.

Marina não se conteve de empolgação e, sem olhar nada, atravessou a rua em direção à placa, até que: "FOM-FOM!". Por pouco não acabou atropelada por um carro! Após frear a apenas alguns centímetros da menina, o motorista soltou rudemente algo em inglês, que no momento Marina não entendeu. O susto fez com que desse um pulo para a calçada oposta, e o homem seguiu seu caminho.

Marina, ainda com o coração acelerado, voltou a olhar fixamente a placa que agora estava à sua frente.

Holmes IV, nitidamente assustado, cruzou a rua e se juntou a Marina, que não hesitou em estender a mão até a maçaneta para empurrar a porta e entrar. O amigo entrou logo em seguida. Marina percebe que se tratava de uma loja de conserto de relógios, então, timidamente disse em inglês:

— Olá, alguém por aqui?

Um rapaz bem vestido saiu detrás de um balcão de madeira velho e respondeu:

— Sim, sim...

E, ainda mexendo em alguns relógios na vitrine, perguntou o que Marina desejava. Mas a menina foi poupada de responder, pois Sherlock iniciou imediatamente uma conversa amigável para que ela pudesse andar pela loja em busca de pistas. Depois de alguns instantes de procura, Sherlock a interrompeu com notícias:

— Marina! Ele me contou que não sabe de nada, disse que o único que nos poderia informar alguma coisa era seu avô, que havia falecido há alguns anos.

Marina dessa vez não se assustara com as más notícias do amigo, pois seus olhos focavam algo valioso, que logo Sherlock percebeu ser um relógio dourado na forma do Big Ben, que estava cuidadosamente guardado em uma redoma de vidro. A menina em seguida concluiu:

— Não precisamos de alguém para nos informar. Já encontrei o que precisava, Sherlock!

O amigo, chegando mais perto do vidro, chamou o rapaz da loja e pediu para ver melhor aquele produto.

— Não está à venda. É uma herança da nossa família — alertou o jovem, olhando com desconfiança para os dois.

— Não se preocupe, só queremos admirar melhor essa relíquia — garantiu Holmes IV.

O rapaz pegou uma chave que estava presa a uma corrente em seu pescoço e abriu a redoma, trancada pela base de ferro. Com todo cuidado, pegou o relógio e o entregou a Marina, que o avaliou por completo sem encontrar a pista que procurava. Desanimada, a menina entregou o objeto a Sherlock, que o olhou fixamente.

Desencorajada, Marina explicou:

— Eu sabia, estava muito bom para ser verdade. Muito fácil.

O amigo, após alguns minutos avaliando a peça, respondeu alegremente:

— Espere, não estava muito fácil, está fácil!

E se aproximando de Marina, mostrou a parte aveludada de baixo do relógio onde se encontravam em letras minúsculas, o nome de uma casa de chá.

— Elementar minha cara Marina!

A menina abriu um largo sorriso, não se contendo de felicidade:

— Você sabe onde fica, Sherlock?

— Claro! — exclamou rindo.

Os dois devolveram o relógio ao dono, agradecendo pela gentileza, e partiram pelas ruas de Londres em busca da casa de chá Big Ben Tea. Ao chegar, a dupla demorou um pouco paraencontrar uma mesa, pois o estabelecimento estava muito movimentado naquela hora.

Holmes IV comentou animado:

— Big Ben Tea! Claro! Marina, essa é a melhor casa de chás que conheço, e olha que aqui na Inglaterra nós temos a tradição da pontualidade e a de tomar chá. Essa casa é a mais tradicional, existe há séculos e pertence ainda à mesma família. Aqui, podemos encontrar chás feitos de folhas, flores, raízes e outros ingredientes naturais provindos de toda parte do mundo. Vamos provar uma receita de algum país distante?

E dizendo isso, chamou o atendente.

Marina olhava atenta para cada detalhe da charmosa loja. A casa era muito bem arrumada e bonita, tudo com um toque típico londrino. A menina ficou imaginando como o famoso detetive planejara tudo, cuidadosamente, confiando que, mesmo muitos anos mais tarde, locais como aquele ainda existiriam devido à tradição que as pessoas procuram preservar nas mais diversas culturas espalhadas pelo mundo.

O aroma que vinha das xícaras sobre as mesas era marcante. Holmes IV, extasiado, compartilhou com a menina:

— Sabe de uma coisa, Marina, temos chás de várias partes do mundo. Mas eu gosto mesmo é dos que vêm da Índia, especialmente daqueles que carregam os sabores de flores. Você tem alguma preferência?

— Escolha você Holmes, confio na sua sofisticação! — disfarçou a menina, que nunca tinha tomado chá quente. Só mesmo aquele chá gelado que sua mãe sempre servia nos dias quentes de Verão.

Holmes IV pediu ao atendente chá de laranja e duas tortas cheesecakes. Quando o jovem se afastou, ele perguntou:

— Alguma ideia do que fazer, minha cara?

Marina permaneceu quieta. Ainda não tinha a mínima noção do que procurar ali. Então, apreensiva, pegou o cardápio e começou a ler a lista de chás. A casa possuía realmente muitas opções. Chás de vários lugares do planeta se encontravam à disposição e, para se distrair um pouco, Marina começou a ler a listagem dos chás típicos dos países.

De repente, um leve sorriso se desenhou em seu rosto. Ela percebeu, nos últimos quatro países, uma lógica na ordem dos chás em relação aos locais em que ela havia encontrado as pistas.

Holmes IV, a essa hora, nem reparava na amiga, pois estava a degustar seu chá.

Marina leu em voz alta o que estava em inglês no meio do cardápio, em destaque:

— Chá da França..., Chá da Itália..., Chá da Inglaterra,... Chá do Brasil!

E, fazendo um sinal brusco para chamar a atenção de Sherlock, apontou para o local onde se encontravam os países no cardápio.

O amigo, que não entendera nada, exclamou:

— O que foi? Hã? Você quer mudar o sabor? É só me dizer Marina, se você tivesse me dito eu...

Marina o interrompeu:

— Não, não é nada disso, Sherlock! Olhe bem para esses países! São os locais onde estavam as primeiras pistas! E olhe qual é o quarto e último.

A menina indicou o seguinte nome no cardápio, apontando para a seção Chá do Brasil.

O amigo, agora arregalando os olhos, se animou e deu um pulo da cadeira gritando:

— Nós conseguimos! Conseguimos!

Marina, rindo, e ao mesmo tempo levemente corada por estar sendo encarada por todas as pessoas do estabelecimento, fez sinal de silêncio para o amigo. E começou a tomar seu chá, bebendo com satisfação, pois seu próximo destino era bem conhecido: o Brasil.

Depois de uma rápida despedida do museu da SHIFA, Marina e Sherlock partiram para o aeroporto. No jato, os amigos quebraram a cabeça tentando pensar em algum local específico para procurar pelas "Memórias do velho Sherlock Holmes". O bisneto do famoso detetive pensava que daria esse título ao próximo livro publicado. Marina havia tirado uma foto do cardápio e agora traduzia em voz alta:

— Chá do Brasil: chá de guaraná com jabuticaba.

Guaraná e jabuticaba eram o que eles tinham extraído daquela pista. Mas, mesmo assim, não se era muito.

Marina, num tom de dúvida, disse a Sherlock:

— Acho que nós devemos avaliar o local de origem desses dois ingredientes, certo?

O amigo fez sinal de sim com a cabeça e passou o notebook para Marina começar a pesquisa.

Minutos depois, ela chegou à conclusão de dois destinos: Amazônia, local de origem do guaraná, e Minas Gerais, onde a jabuticaba pode ser encontrada com mais frequência. Informando isso ao amigo, a menina fechou o computador para descansar.

O silêncio foi rompido quando ela se lembrou da cena cômica de Holmes IV na Inglaterra, quando eles saíam da Casa de Chá, esbarrando sem querer num homem todo carregado de livros, os quais foram parar no chão.

O amigo ficou tão embaraçado que não sabia o que fazer para pedir desculpas ao senhor. Ao se lembrar disso, Marina não conteve uma gargalhada e quando Sherlock perguntou do que se tratava, ela o lembrou do episódio. Bastante corado, o escritor soltou uma risada e, animando, apontou na janela um local familiar a Marina, o Brasil.

— Primeira parada, Manaus, a capital do Amazonas — avisou Holmes IV.

Capítulo 5

A terra indígena

O avião sobrevoava a cidade de Manaus, preparando-se para pousar. Da janela, Marina observava aquele verde sem fim, cortado por rios sinuosos e que também pareciam infinitos.

Após o pouso, ao descer do avião, Holmes IV, derretendo diante do bafo quente e úmido típico do clima amazônico, questionou a amiga:

— Marina, por que você quis vir para cá primeiro? Tínhamos outra opção de local? Eu gostaria de experimentar leitão à pururuca, dizem que, depois da feijoada, é a melhor comida brasileira!

A menina esclareceu:

— Sim, Sherlock, temos outra possibilidade. Mas algo me diz que devemos seguir a ordem, e no papel está escrito primeiro a palavra guaraná.

Concordando com a cabeça, o amigo prosseguiu e, após uma hora, o táxi os levou até o centro da cidade. Pela janela do veículo, Marina avistou um hotel maravilhoso no meio da exuberante paisagem. Sherlock também parecia admirado com o local. Os dois desembarcaram e se viram entrando pelo saguão do resort.

Marina se dirigiu ao seu quarto para descansar, enquanto o amigo Sherlock resolvia alguns assuntos na recepção. Mas sua tentativa de dormir foi frustrada pela bagunça que a diferença de horas entre a Inglaterra e o Brasil, o chamado fuso horário, fazia em sua disposição. Além disso, o fato de ela saber muito pouco sobre a Amazônia a incomodava.

Marina se revirava na cama e tentava de todas as maneiras chegar a uma conclusão. Várias vezes, a imagem de Sherlock caindo no chão depois de trombar com o homem dos livros na Inglaterra voltava à sua mente, sem que ela entendesse o porquê. Então, começou a recordar com cuidado de cada momento da cena, como se estivesse revivendo-a. Sherlock cai e tudo vai parar no chão. Outro homem ajuda Sherlock a colocar tudo de volta nas mãos do senhor, que está de roupa esportiva, óculos escuros, um celular e muitos livros. Sherlock deixa cair no chão o celular, a carteira e uma bolinha dourada...

Uma bolinha dourada outra vez? Marina despertou de seus pensamentos e se levantou apressada. Sua curiosidade era quase um sexto sentido. Ela precisava entender melhor o que era aquilo. Correu então até o quarto do amigo e bateu na porta, ofegante.

Sherlock, de pijama e cara amassada, perguntou:

— Marina? O que foi minha... — ele bocejou – cara.

Inibida por ter acordado o amigo, a garota devolveu:

— É que, é que... Eu estava pensando e me veio um pensamento idiota na cabeça, mas, é que quando você caiu... Lembra-se? Suas coisas foram parar no chão. Seus óculos, seu celular, sua carteira... Mas, tinha algo que eu não identifiquei e não questionei no momento, porque não conseguia parar de rir.

Agora, o amigo corava novamente:

— O quê? Tenho absoluta certeza de que não possuía nada ali, além dessas coisas. — dizia constrangido de lembrar a cena patética.

A menina fez a mesma cara de quando tinha uma ideia, mas sua expressão ficou um pouco mais de assustada:

— Mas eu vi quando aquele homem devolveu suas coisas, colocando gentilmente em seu bolso uma bolinha dourada que você deixou cair!

— Mas eu não tenho nenhuma bolinha dourada, Marina.

— Sherlock! Sherlock! Um homem com roupa de academia de ginástica cheio de livros e óculos escuros, é uma figura estranha, concorda? Nem fazia sol...

E, invadindo o quarto do amigo, pegou o casaco e vasculhou os bolsos até que encontrou uma bolinha dourada que mais parecia... Olhando bem...

— Um dispositivo! Do mesmo tipo que a gente já havia encontrado preso na sua roupa! — gritou, jogando-se desanimada na poltrona:

— Novamente fomos pegos! Eles colocaram um rastreador em você e... Devem estar vindo para cá agora!

Sherlock arregalou os olhos, pegou o dispositivo e o lançou pela janela num ato de raiva:

— Bem, ao menos eles não sabem onde está a próxima pista, já que nós não sabemos também!

Marina continuou a olhar fixamente para o chão, com uma vontade enorme de chorar, eles tinham que ser rápidos e sair dali, e disse ao levantar-se:

— Sherlock, eu vou dormir. Amanhã veremos o que vamos fazer. Boa noite amigo! — e deixou o quarto, dirigindo-se ao seu dormitório.

No dia seguinte, os dois tomam café sentados à mesa em silêncio absoluto. Até que com cara de sono, Sherlock exclamou:

— E então? Dormiu bem esta noite, minha cara?

E Marina, com cara de sono também, rebateu:

— Nem um pouco. Na verdade, não consegui dormir e fui para o computador pesquisar! Nós temos de ser mais ágeis do que esses editores de livro. — reforçou, para que Holmes

IV não percebesse haver algo a mais nessa história de perseguição. E, tirando um papel do bolso, leu em voz alta o que havia retirado de um importante portal chamado Povos Indígenas do Brasil, mantido pelo Instituto Socioambiental:

— Inventores da cultura do guaraná, os Sateré-Mawé domesticaram a trepadeira silvestre e criaram o processo de beneficiamento da planta, possibilitando que hoje o guaraná seja conhecido e consumido no mundo inteiro... Os Sateré-Mawé habitam a região do médio rio Amazonas, em duas terras indígenas, uma denominada TI Andirá-Marau, localizada na fronteira dos estados do Amazonas e do Pará, que vem a ser o território original deste povo, e um pequeno grupo na TI Coatá-Laranjal da etnia Munduruku. Os Sateré-Mawé também são encontrados morando nas cidades de Barreirinha, Parintins, Maués, Nova Olinda do Norte e Manaus, todas situadas no estado do Amazonas... O guaraná é uma planta nativa da região das terras altas da bacia hidrográfica do rio Maués-Açu, que coincide precisamente com o território tradicional Sateré-Mawé.

Sherlock, sem entender nada, apenas constatou:

— Uma história bem complexa! Eu diria a você que...

E sem poder terminar Marina exclamou:

— Sherlock, essa nação indígena, os Sateré-Mawé, foram responsáveis pelo guaraná se tornar uma bebida conhecida no mundo todo, inclusive, em Londres!

O amigo ficou paralisado:

— Marina, eu sei por histórias orais da minha família que meu antepassado Sherlock Holmes veio algumas vezes para uma floresta na América do Sul, onde sabemos que fica o Brasil, para pesquisar venenos desconhecidos na Europa e que eram produzidos com base em plantas e animais daqui.

— Algo me diz que esses indígenas podem nos ajudar a encontrar a próxima pista. Vamos para o aeroporto! — apressou-se a menina.

— Calma, Marina. Vou ligar para a recepção. Vamos descobrir como podemos ir até a região das terras altas da bacia hidrográfica do rio Maués-Açu.

Sherlock fez várias ligações para ajeitar a viagem. Por sorte, havia uma expedição turística prevista para o entorno da Terra Indígena Andirá-Marau. Precisariam ir de avião até a cidade de Maués, localizada a 258 km de distância de Manaus. De lá, seriam mais duas horas de barco até a comunidade indígena Sataré-Mawé mais próxima.

— Sherlock, estou torcendo para que a gente encontre algum representante dos Sataré-Mawé que tenham conhecimento da passagem de Sherlock Holmes por suas terras.

O amigo ficou intrigado:

— Como assim?

— A parte da Amazônia para onde vamos é só uma pontinha da enorme floresta. Eu estudei na escola que, além do Brasil, a bacia amazônica se estende por mais oito países: Bolívia, Colômbia, Equador, Guiana, Guiana Francesa, Peru, Suriname e Venezuela. E muitos povos indígenas ocupam terras fora do território brasileiro. Sabemos que Sherlock Holmes veio para a Amazônia pesquisar venenos, e algo me diz que devemos seguir a origem do guaraná. Mas a verdade é que seu antepassado pode ter deixado as memórias escondidas em qualquer canto desse verde sem fim!

— Prefiro acreditar em você e que encontraremos nosso tesouro, a Terra Indígena dos Sataré-Mawé, minha cara! Contudo, confesso que estou apavorado com a imensidão dessa floresta.

Marina riu do amigo e perguntou se ele conhecia alguns animais típicos da região. Como ele resmungava.... Ela começou a falar sobre a onça pintada, a suçuarana, as araras, o jacaré amazônico, o poraquê... Também falou sobre os povos indígenas, que tinha estudado na escola, notando como cada grupo tinha seus costumes, suas tradições, sua mitologia, e não eram todos iguais, como muitos estrangeiros pensavam.

— Sim, conhecer algum grupo indígena talvez seja a experiência mais interessante de toda essa nossa viagem. Valerá todo o esforço, mesmo que a gente não encontre as memórias de Sherlock Holmes.

Após uma rápida viagem de avião e um percurso de carro, eles chegam à noite em uma pequena pousada na cidade de Maués e, exaustos, foram direto dormir. No dia seguinte, logo depois do café, encontraram-se com o grupo estrangeiro e um guia que fariam parte da expedição agendada previamente. Sem perder tempo, todos partiram animados em um jipe e, depois de algum tempo rodando, chegaram a um rio e subiram em uma embarcação.

Uma hora de barco se passara e até agora o guia apenas mostrava as belezas da flora e fauna tropical. Holmes IV e Marina estavam impressionados com a riqueza da natureza amazônica. Até que Marina ouviu o anúncio de que estavam adentrando o território dos sateré-mawé.

Atenta, ela escutou o guia recontar a história que já havia lido na internet:

— Os sateré-mawé são reconhecidos por terem desenvolvido a técnica de produção de bebida a partir do guaraná, uma planta originária dessa região. Sateré quer dizer "lagarta de fogo" e indica a linha de sucessão dos chefes políticos. Já Mawé quer dizer "papagaio inteligente e curioso". Muitos desses indígenas hoje falam português, mas alguns só conhecem a própria língua sateré-mawé. A Terra Indígena onde entramos, assim como as demais existentes, é reconhecida pela Fundação Nacional do Índio e pertencente ao governo, mas sua ocupação é considerada um direito dos povos indígenas. São terras de ocupação tradicional deles, que precisam ser preservadas para que possam manter seus costumes e suas tradições.

Marina olhava os arredores e podia ver um aldeamento com algumas pessoas circulando por lá. Holmes IV estava maravilhado com as pinturas corporais e as vestes indígenas.

E o guia continuava falando:

— O sítio é o grupo local, funciona como unidade básica da organização política e econômica dos sateré-mawé, podendo vir a se transformar em aldeia quando o número de famílias elementares aumenta ou quando, independentemente disso, seu chefe passa a ser visto como um tuxaua. Isso pode ocorrer desde que ele ganhe prestígio junto a seus pares, pela generosidade, pela habilidade nas transações comerciais, pelo entrosamento com os tuxauas mais próximos, assim como com o tuxaua geral.

Marina, então, levantou a mão, e com a permissão para perguntar, disse:

— Nós podemos conhecer a aldeia de perto?

E o guia respondeu:

— Faremos uma breve parada em um ponto autorizado pelos indígenas. Mas será algo rápido, pois temos mais coisas para conhecer na nossa expedição — e voltando a falar para os demais turistas, deixou Marina pensativa.

Ela olhou o lanche que tinha nas mãos, um pacotinho com frutas típicas brasileiras e um copo para poder pegar os sucos que um copeiro do hotel servira ao grupo. Marina notou que uma das frutas servidas era jabuticaba. Por estar sem fome e muito curiosa sobre os indígenas, guardou o lanche na mochila que levava nas costas e riu, vendo Holmes IV devorar as pequenas frutas pretas.

— Calma, não vá comer os dedos!

— Peço desculpas pela minha gula, Marina. Mas a variedade de frutas no Brasil é um verdadeiro tesouro!

Marina começou a pensar num plano para conseguir falar com os indígenas quando o barco encostasse no aldeamento. Caso contrário, nunca descobriria o paradeiro das memórias de

Sherlock. A expedição finalmente parou, com a finalidade de que os turistas fizessem um contato limitado com algumas pessoas locais que falavam bem o português. Como as habitações estavam distantes, Marina aproveitou para entrar um pouco mais a fundo na mata.

Ela andou por uns minutos, com medo de se perder e da quantidade de bichos que poderia encontrar por ali. Por isso, a todo tempo, procurava marcar o caminho para que pudesse voltar. Até que escutou um barulho. Seu coração disparou. Olhou para todos os lados, correu um pouco e se escondeu no tronco de árvore oca, atenta.

Ao sentir uma coisa gelada próxima à sua orelha, a menina olhou de canto para aquilo e percebeu ser verde. Ligeiramente, virou-se e notou que acabara de entrar no ninho de uma cobra! O animal, que tentava entrar em sua toca, fugiu e a menina pulou na direção oposta. Encostou-se em uma árvore e se agachou, apavorada, com os olhos fechados. Permaneceu agachada, até que, ao abrir os olhos, viu-se rodeadas de indígenas. Pedindo desculpas e gesticulando, ela tentou explicar que viu uma cobra e se assustou, fazendo com que todos começassem a rir.

Aliviada, identificou algo vermelho na cesta de uma pessoa do grupo: era o fruto do guaraná. Marina se levantou toda suja e, sem graça, pediu para pegar uma daquelas frutinhas e guardar no bolso. Uma moça simpática lhe estendeu a mão, como se quisesse levá-la dali para se lavar. A menina a seguiu, surpresa por encontrar a cada passo mais e mais guaraná até que, por trás de uma árvore, pode vislumbrar a aldeia.

Ela ficou maravilhada por alguns instantes, mas logo percebeu que estava longe demais do grupo e tentou voltar, quando foi surpreendida por um homem que a pegou pelos braços e a levou até uma habitação, gritando algo indecifrável para a moça que a trouxera ali. Marina agora estava apavorada.

Um homem de idade avançada, vestido diferentemente dos outros, foi chamado e Marina imaginou que este deveria ser o tuxaua, como era denominado o chefe do grupo. Ele deu algumas ordens na língua dos Sataré-Mawé, e dois rapazes levaram a menina para um canto, de onde podia ver o chefe conversando com outras pessoas e apontando para ela.

Com certeza, eles deviam estar decidindo o que fazer com ela! Marina tentava pensar em algo, mesmo sentindo medo, até que teve uma ideia ridícula, mas talvez a única que poderia salvá-la naquele momento.

Ela abriu a bolsa que carregava e tirou as jabuticabas, pensando assim: se Sherlock Holmes deixou essa fruta na receita que serviu de pista para eu chegar até aqui, é porque essas jabuticabas devem ser algo de útil! Nesse momento, um dos rapazes a chamou para ir até o tuxaua.

Marina chegou com a cabeça baixa, em sinal de respeito, e estendeu as duas mãos, abrindo-as para mostrar as jabuticabas ao chefe, que mudou sua expressão imediatamente. Com uma cara de surpresa, pegou as frutas e as cheirou, antes de levá-las à boca. Depois de comer quase tudo, ele deu outra ordem aos rapazes, que saíram para buscar algo.

Só neste momento, o tuxaua sorriu para Marina, gesticulando e apontando para o céu. Marina entendeu que fez a coisa certa, porque a moça simpática que a havia trazido pegou um cesto com comida, um recipiente com água, sentando-se ao seu lado, perguntou em português:

— Você está com fome? Quer beber um pouco de água?

A menina aceitou um pouco de tudo que lhe foi oferecido como forma de tentar ser gentil, e adorou os sabores diferentes. Até a água daquela região parecia ter um gosto especial! Depois de minutos de conversa com a moça, outro homem entrou na habitação com os rapazes que haviam saído há pouco e disse:

— Tudo bem, moça? Meu nome é Tesé, sou um dos poucos por aqui que sabe falar bem português.

Marina soltou um suspiro de alívio e voltou a escutá-lo com atenção:

— Então você trouxe jabuticabas! Era o que o tuxaua esperava chegar um dia, na verdade nosso povo esperava pela sua visita há muito tempo.

A menina, que já escutara muito isso em diferentes países do mundo, sorriu, exclamando:

— Meu nome é Marina. Eu também desejava muito vir até aqui, mas não imaginava o que iria encontrar. Não sabia como explicar para vocês o que estou buscando.

O índio sorriu e respondeu:

— Não esperávamos uma menina. Por isso, levamos um tempo para entender o que você estava fazendo em nosso território, fora do ponto onde os turistas podem ficar. Eu trabalho naquele lugar onde a sua expedição está parada. Há anos, faço o contato entre os visitantes e nossa aldeia, atento a alguém que nos ofereça jabuticabas.

Marina prestava muita atenção enquanto se servia de água:

— Entendo. Tesé, eu procuro um caderno, ou folhas, que creio terem sido deixadas por um homem aqui, há muito tempo...

Ela foi interrompida:

— Sim, eu sei. Ele viveu aqui por um tempo, sabia? Nos seus últimos anos de vida escondeu-se nessa floresta de seus inimigos.

Nós o chamávamos de Porantim Branco. Ele conheceu meu bisavô, que na época era o tuxaua! De geração em geração, os chefes da aldeia nos contavam que, um dia, um branco viria aqui procurar um tesouro e que deveríamos entregar para quem viesse em busca dos nossos guaranás e nos trouxesse jabuticabas, como essa que você deu ao chefe.

Marina não se continha em felicidade, era muita sorte mesmo. Não via a hora de botar as mãos nas memórias do velho Sherlock.

Marina sorriu e disse:

— Posso levar o tesouro?

E ele respondeu rapidamente:

— O tuxaua irá lhe entregar.

Então, ele se virou e falou algumas coisas para o tuxaua. O mesmo se levantou e, dizendo algumas palavras, foi até outra habitação e trouxe um tubo dourado que passou às mãos de Marina. A menina precisou de força para abrir o tubo, retirando de dentro um pergaminho antigo, todo enrolado. Os olhos de Marina brilharam. Ela se levantou em frente ao tuxaua e ergueu as mãos para agradecer.

A busca chegara ao fim. Marina deixou cair uma lágrima de alegria e Tesé disse que o chefe a convidava para assistir à cerimônia de celebração aos antepassados pela missão cumprida. A menina se sentou para apreciar a dança dos sateré-mawé. Após a cerimônia, ela se despediu dos novos amigos e foi levada por Tesé de volta à expedição.

De volta ao ponto de parada dos turistas, Marina ouviu um sermão do guia, que logo foi acalmado por Tesé:

— Ela foi visitar o aldeamento a convite do nosso chefe!

A afirmação do indígena teve efeito imediato, pois o guia sabia que, naquele território, deveria respeitar as tradições dos Sataré-Mawé. O grupo então passou a procurar Holmes IV, que havia se metido na mata atrás da menina.

Pouco depois, Holmes chegou escoltado por indígenas. Esbaforido, correu para Marina e começou a reclamar por ela ter se afastado do grupo e entrado sozinha numa mata desconhecida, cheia de plantas e animais perigosos. A menina sorriu para o companheiro de aventuras.

— Dessa vez não foi intencional, eu me perdi, acredite, mas valeu a pena amigo. Admito que fui descuidada e tomei um grande susto, mas adivinhe o que encontrei com os indígenas?

— Uma pista do nosso tesouro?

— Mais do que isso! Eles me entregaram, Sherlock. Está comigo. Em um local mais seguro, eu mostro a você.

Horas depois, já no hotel em Manaus, Marina pode entregar o pergaminho para o amigo.

— Oh! My God! It´s amazing!!!! Marina, você foi sen-sa-ci-o-nal! Aqui estão as memórias de meu bisavô, Sherlock Holmes! O grande detetive inglês terá suas memórias publicadas, como ele queria, por um membro de sua família.

E Holmes IV deu um grande abraço em Marina, dizendo:

— Parabéns Marina! Você conseguiu!

E Marina, corada e feliz, devolveu:

— Não, Sherlock, nós conseguimos!

Holmes IV pegou o pergaminho e colocou de volta no tubo dourado para levar consigo ao seu quarto.

— Isso deve ficar bem seguro enquanto arrumamos as malas. Vou levá-la para sua casa, comeremos uma feijoada e embarcarei em seguida para a Inglaterra!

Enquanto Holmes IV preparava a partida, Marina deixou a mala pronta e se deitou na cama para recordar tudo que viveu. Estava fora há duas semanas, como reagiria sua mãe? Nunca havia ficado tantos dias sem falar com ela, mas, na corrida atrás das pistas, não teve tempo para fazer telefonemas. Holmes IV havia garantido à menina que, durante todo o percurso, a equipe da SHIFA vinha informando sua mãe de todos os passos que ela dava.

Durante o jantar, Sherlock contou que acabara de ser informado por agentes da SHIFA que os perseguidores de Paris haviam sido identificados: eram homens ligados à máfia italiana! Com a intenção de tirar a menina o mais rapidamente dali, ele começou a explicar para ela a situação, quando Marina o interrompeu dizendo que já desconfiava disso, mas teve medo de contar a verdade e ser mandada de volta para casa.

— Marina, nunca mais faça isso, entendeu? Se você fosse uma agente oficial da SHIFA, seria desligada agora mesmo. Isso é muito sério, colocou sua vida em risco, escondeu informação... Teríamos tido mais cuidado e mais agentes na busca e você voltaria para casa em segurança.

— Perdão Sherlock, eu fui imprudente, eu sei que errei, juro que...

— Regras existem para serem cumpridas, a verdade sempre é a melhor opção. Eu preciso ter certeza que você compreende isso, Marina? Vou lhe perdoar pela sua pouca idade, mas que sirva de lição!

— Sim, Sherlock. Fui imprudente e imatura. Prometo que aprendi. Por favor, me perdoe.

Jantaram calados até que ouviram gritos. Parecia que o hotel estava sendo invadido! Holmes IV e Marina se entreolham, tendo o mesmo pensamento: eram os seus perseguidores! Os dois saíram em disparada com destino ao quarto de

Sherlock, onde estavam guardadas as memórias do detetive.

— Marina, minha menina. Você precisa aprender que as mentiras sempre nos levam em direção ao perigo — emendou, Holmes IV, abaixando-se para limpar as lágrimas da garota antes de continuar — Na França, aquela história da prisão de Olivier não estava cheirando bem, e eu sabia que vocês estavam me escondendo alguma coisa grave. Pensei até em cancelar a missão, caso você passasse por qualquer perigo na Itália. Como isso não aconteceu, decidi seguir em frente, mas sempre com um pé atrás. Por isso, fomos atrás das câmeras de monitoramento da Torre Eiffel e tomei algumas precauções por aqui. Esconda-se nesse armário. Está tudo sob controle! — afirmou Holmes IV, empurrando Marina para dentro.

Pelo vão da porta do armário, ela conseguiu ver quando os mesmos italianos que a haviam seguido na França entraram no quarto! Com armas nas mãos, os bandidos ameaçavam Holmes IV que, preocupado com a segurança da menina, cedeu e entregou o tubo dourado.

— Podem levar o tubo se me deixarem viver!

Marina não acreditou no que ouvira, e pensou que tivera tanto trabalho para nada!

Com um gesto decidido, ele falou em italiano para que os bandidos fugissem no avião que ele havia arrumado. Para que acreditassem em sua promessa, ligou para o piloto e passou o prefixo do jato que estava esperando no aeroporto. Os mafiosos fugiram imediatamente, carregando consigo o tubo dourado para escapar da polícia, que já tinha sido chamada e não tardaria a chegar.

Marina saiu do armário e começou a chorar. Holmes IV a abraçou e a polícia chegou em seguida. Tudo acontecera muito rápido. Depois de dar os esclarecimentos à polícia, Sherlock sorriu para a menina:

— Eu não disse a você que tinha tudo sobre controle, querida? Não fique triste!

— Do que você está falando, Sherlock?

— Quando fui à cidade, ajeitar nossa viagem de volta, vi uma agência do correio. Pensei que seria uma boa ideia para despistar qualquer tentativa de roubo, enviar o material para meu editor que mora no País de Gales. Liguei para ele e acertei tudo. Dentro de alguns dias, ele receberá o material por Sedex. Aquele tubo está cheio de pistas falsas que levam os bandidos direto para a Índia! — completou, dando uma boa gargalhada.

Marina não podia crer nas palavras do amigo! Mas, é claro, ficou muito contente! Os dois foram direto para o aeroporto de Manaus, para pegar um voo de volta a São Paulo e, depois, para a casa de Marina no litoral.

CAPÍTULO 6

A escola

Marina! Marina... Marina minha filha, acorde!

Abraçada a uma almofada redonda e sorrindo, Marina ouvia agora a voz da mãe e sentia que o avião estava chacoalhando. Abriu os olhos e piscou freneticamente. Estava em seu quarto. As luzes apagadas deixavam que ela enxergasse uma sombra mais escura que, pela voz, devia ser a mãe sentada em sua cama, mas a menina não tinha certeza do que estava acontecendo.

— Eu te falei que devia chegar uns dias antes! São seis horas da manhã e você tem aula, mocinha. Trate de se levantar imediatamente!

A menina estava completamente zonza. Alguns instantes atrás, comemorava sua vitória sobre a máfia italiana e agora a mãe mandava se apressar para ir ao colégio! Como? Sem entender, com muito a fazer e pouco tempo a perder, Marina arrumou-se e, quando desceu as escadas para o café da manhã, uma pancada de realidade lhe veio à cabeça: era fato! Estava em casa e precisava ir para a escola. Será que tudo não passara de um sonho? O desânimo invadiu a menina, que estava sonolenta, como se sob efeito da mudança de fuso horário.

— Filha, eu estou com tanta saudade de você, que não lhe deixei dormir direito. Fiz muitas perguntas, não foi? O que você tem, Marina? Não dormiu nada? — E, respondendo ela mesma: — Ora, vamos! Eu lhe disse que não vai ser tão mal assim. Afinal, é apenas o primeiro dia de aula. É claro que, com essa cara, não fará muitos amigos. Anime-se!

Marina olhava fixamente para os seus próprios movimentos enquanto passava manteiga no pão. Preocupada com o silêncio incomum da filha, a mãe lhe perguntou mais uma vez:

— E a missão da SHIFA, foi muito difícil? Você conseguiu se divertir? Eles foram me relatando a passagem que fizeram por vários países em busca de pistas... França, Itália, Inglaterra. Também as moças da associação fizeram questão de me ligar enquanto você estava com elas, a Camille e a Nicole. Aliás, estou adorando meu novo emprego na escola bilíngue que faz parte desse grupo internacional, e quero que você adore a escola nova também.

A menina, quase se engasgando com o pão, disparou:

— Uau! Eu dormi tão profundamente que não sabia se estava sonhando ou... Eu viajei mesmo, não é?

A mãe, sem entender e ao mesmo tempo em tom de sarcasmo, explicou:

— Você chegou ontem à noite tão cansada, que queria ir direto para a cama. Imagine, não queria me contar nada sobre a viagem! Hoje à noite, quero saber mais detalhes, ok!

Marina tinha que tomar cuidado. Falou dos locais que visitou, sobre as aventuras que viveu em busca das pistas para encontrar as memórias de Sherlock Holmes, poupando a mãe dos momentos de maior perigo.

— Ei, obrigada pelos perfumes, eu amei. Não deu para conversar mais porque, quando eu subi, você já havia desmaiado de sono — e olhando para o relógio, completou — Estamos atrasadas! Vamos!

As duas deixam a casa em direção ao colégio da menina. Marina entendeu que não havia sido um sonho, ela vivera tudo aquilo mesmo! Quem acreditaria nela? Quando chegou à escola, muitos jovens estavam conversando na entrada do prédio e a garota passou a se concentrar. Onde será que eles estavam nas férias? Teria sido bem legal se tivesse tido a oportunidade de conhecê-los antes. E o nervosismo do primeiro dia de aula tirou sua mente da aventura.

Horas depois, Marina estava deitada no jardim de casa, olhando o céu, pensando em tudo que acontecera naquele dia. Nas pessoas que conheceu, em tudo que viu... Mas, o que não lhe saía da cabeça, mesmo em meio a tantas novidades, era a maluca experiência que vivera nas férias. Ser uma menina detetive! Era aquilo que ela amava fazer! Semanas se passaram e nenhum sinal de Sherlock Holmes IV ou mesmo de Olivier, o que a deixava muito triste e preocupada. Porém, com tantas tarefas escolares e novas amizades, ela acabou parando de se preocupar, repetindo para si mesma: eles estão bem. Mas, lá no fundo, havia um fiozinho de esperança de um contato.

Tempos depois, enquanto arrumava seu quarto, Marina se deparou com um de seus livros de Sherlock Holmes e, jogando-se na cama, leu alguns trechos já conhecidos, o que a fez sentir muita saudade do novo amigo.

O que mais lhe intrigava era não ter como saber quando Holmes IV faria contato novamente. Afinal, já se passara mais de um mês...

— Marina? Posso entrar? — Perguntou a mãe.

A menina colocou o livro sobre o criado mudo e respondeu que sim. A mãe entrou no quarto e lhe entregou um embrulho grande. Retirando-se, comentou:

— Chegou pelo correio hoje... — a voz foi se distanciando e a mãe de Marina falava mais alto enquanto descia as escadas para a filha escutar — parece que é mais uma promoção da SHIFA que você participou e ganhou.

Marina, intrigada, atacou o embrulho e, tirando todo o papel da frente, pode ver uma capa parecida com as dos seus livros de Sherlock Holmes. Seus olhos ficaram arregalados e se fixaram no título: "Sherlock Holmes e o segredo da máfia italiana".

A menina não se continha de empolgação. Abriu o livro e, rapidamente, percorreu algumas páginas, notando que era mais uma das aventuras de seu ídolo, desta vez sobre a perigosíssima máfia italiana! Uma lágrima caiu do rosto de Marina e seu coração disparou.

Mais uma vez, pensou na vontade de poder contar tudo para alguém! Mas quem acreditaria nela? Será que Holmes IV estava bem? E como estaria Olivier? Isso ainda era um mistério. Holmes havia deixado um celular com ela para que pudessem fazer contato, mas explicou que ficaria ausente por um tempo, envolvido na edição do livro e abrindo uma nova escola em um país distante. A ansiedade de falar com ele agora a torturava, e para matar um pouco a saudade, a menina começou a devorar com vontade as páginas do livro que acabara de receber.

No meio das páginas, descobriu um bilhete escrito em um papel fino e delicado, com números miúdos escritos à mão:

Marina

Acho que despistamos a máfia, mas não posso dizer onde estamos por segurança. Olivier está bem e manda lembranças.

Garanto a você que estamos bem, em um país lindo.

Estamos aprendendo um jogo aqui dificílimo, mas descobri que meu bisavô era campeão nisso!

Quer brincar com a gente?

5-19-20-1-13-15-19

14-15

10-1-16-1-15

Saudades,

SH IV

Com os olhos cheios de lágrimas, a menina detetive abriu um enorme sorriso. Agora tinha certeza de que eles estavam bem. E sabia que os veria novamente!

Sobre a obra

Uma menina detetive é uma história repleta de mistérios e aventuras, que leva os leitores a se sentirem também detetives, tentando desvendar um caso secreto por meio das pistas que revelam um pouco da história de diferentes países.

Marina poderia ser uma jovem brasileira como tantas outras, porém, é dona de uma mente prodigiosa; é muito perspicaz, assim como o herói dos seus livros favoritos: o detetive Sherlock Holmes. Um dia, um estranho aparece em sua casa para lhe pedir ajuda. Ele buscava relatos inéditos das aventuras de seu bisavô, o detetive Sherlock Holmes. Tais histórias estariam por décadas escondidas em diferentes partes do mundo. Para encontrá-las, o estranho (que é descendente do famoso detetive) precisa de alguém com as habilidades de Marina. Porém, há mais gente atrás desses relatos — gente perigosa!

    É assim que começa a aventura dessa menina detetive, que, ao longo de sua jornada, vai se deparar com

revelações espantosas e também descobrir a si própria, aprendendo a lidar com seus sentimentos e suas emoções. Ao acompanhar a jornada de Marina, além de ver o seu crescimento emocional e amadurecimento, podemos conhecer um pouco países como França e Itália, além do próprio Brasil. É uma narrativa cheia de aventura e mistério, que promete prender sua atenção do começo ao fim.

Desejamos uma boa (re)leitura desta história detetivesca.

Equipe editorial

A autora

Vanessa Ratton nasceu em Santos, SP e vem de uma família de gente de teatro. Criada por uma avó que contava histórias todas as noites, entrou para o teatro com a mãe, aos 10 anos, e começou sua produção literária aos 14 anos, escrevendo peças teatrais.

Moradora do litoral paulista, passava as férias na casa do tio na cidade de São Paulo, onde admirava uma estante repleta de livros, a maioria de Arthur Conan Doyle e Agatha Christie. Foi assim que ela herdou o gosto por aventuras e mistérios. Mãe de um casal de jovens, ama escrever para crianças e adolescentes. Trabalha com teatro infantil e cultura da paz.

Seu primeiro livro publicado foi *O Ratinho que não gostava de queijo* (Amare Editora). Na sequência, escreveu mais cerca de 15 livros infantis, infantojuvenis e juvenis.

Vanessa Ratton tem um estilo de escrever bastante claro, bem-humorado e cheio de referências culturais, históricas e geográficas. É especialista em usar pontos de virada, estratégia que consiste na inserção de um elemento que mantém uma coerência com a história e, ao mesmo tempo, traz modificações na direção da narrativa. Isso ajuda a tornar a leitura interessante, de modo a "fisgar" o leitor.

A ilustradora

Andrea Aly é artista visual, ilustradora e professora de Arte em educação formal há mais de 15 anos. Formada em Publicidade pela Universidade Mackenzie e licenciada em Artes Visuais pela Faep, tem pós-graduação em História da Arte pela FAAP e cursa Arteterapia no Instituto Nape. Andrea está sempre envolvida com arte e educação, seja para crianças na educação formal, seja para adultos em cursos de formação e Arteterapia. Desenho em aquarela foi a técnica usada nas ilustrações desse livro tão especial!

Acervo pessoal de Andrea Aly.

Sobre Sherlock Holmes

Caso você não saiba, Sherlock Holmes é um personagem criado pelo médico e escritor escocês Sir Arthur Conan Doyle (Edimburgo, 22 de maio de 1859 - Crowborough, 7 de julho de 1930).

Holmes é um investigador do final do século 19 e início do século 20. Apareceu pela primeira vez em 1887 na revista *Beeton's Christmas Annual*, numa história chamada "Um Estudo em Vermelho". Em 1891, o romance *O Sinal dos Quatro* foi publicado em outra revista, a *Lippincott's Magazine*. Naquele mesmo ano, estreiou na *Strand Magazine* com o conto "Um Escândalo na Boêmia", o qual fez tanto sucesso que garantiu ao personagem várias outras publicações. Contos adicionais surgiram desde então até 1927, totalizando quatro romances e 56 contos.

Apesar de não ser o primeiro investigador do romance policial, Sherlock Holmes foi e continua sendo o mais famoso. Para resolver seus mistérios, usava o método científico e a lógica dedutiva. Sua habilidade para desvendar crimes aparentemente insolúveis até mesmo para a Scotland Yard transformou seu nome em sinônimo de detetive. O personagem tornou-se mais famoso que seu próprio autor, Sir Arthur Conan Doyle. Um dos lugares mais visitados de Londres, 221B Baker Street, endereço fictício de Sherlock Holmes, abriga um museu com o nome do personagem.

Estátua de Sherlock Holmes, do escultor John Doubleday, situada nas proximidades de Baker Street, Londres, o fictício endereço do detetive.

Inspirações para escrever
Uma menina detetive

Foi a partir de uma história escrita pela filha da autora, sobre uma menina que acabara de se mudar de cidade e estava se adaptando à vizinhança e à nova escola, que Vanessa Ratton teve a inspiração para escrever *Uma menina detetive*. A família havia acabado de se mudar de Santos para Guarujá, ambas cidades do litoral de São Paulo, fato que fez com que a menina se sentisse deslocada no novo contexto. As características físicas e o comportamento da protagonista foram, assim, baseados em sua filha Monique. Depois, veio a ideia de dar vida ao personagem favorito da autora, Sherlock Holmes, o grande detetive que é um dos personagens mais famosos do mundo.

Mas Vanessa Ratton queria mostrar também que mulheres poderiam ser detetives, lugar até então reservado para os homens na literatura e, ao criar uma menina com uma mente brilhante, e não um adulto, ajuda a promover o protagonismo juvenil.

Na história, os personagens viajam pela Europa, mas o tesouro será encontrado na América do Sul, no meio da Floresta Amazônica. Assim, ao trazer os indígenas para a trama, Vanessa resgata um pouco da sua ancestralidade (ela descende dos indígenas Guarani Mbya, evidenciando que os povos originários sempre estiveram nas terras brasileiras.

Uma das possíveis mensagens que a obra encerra é que, quando nos abrimos para o novo, coisas incríveis podem acontecer e podemos conhecer pessoas que serão parte importante de nossa vida.

O texto desta obra foi composto com as
tipologias Crimson Pro, Nunito Regular e
Victorian Parlor Vintage.